皇家魔獸

THE BEAST OF BUCKINGHAM PALACE

大衛・威廉(David Walliams) 著
東尼・羅斯(Tony Ross) 繪
高子梅 譯

晨星出版

David Walliams

大衛．威廉幽默成長小說

神偷阿嬤
臭臭先生
小鬼富翁
巫婆牙醫
爺爺大逃亡
壞爸爸
午夜幫
壞心姑媽
冰原怪獸
鼠來堡
瞪西毛怪
皇家魔獸

大衛．威廉繪本

愛嚇人的蹦蹦熊
飛天企鵝傑洛尼莫
第一個登陸月球的河馬
學校裡有蛇
動物合唱團

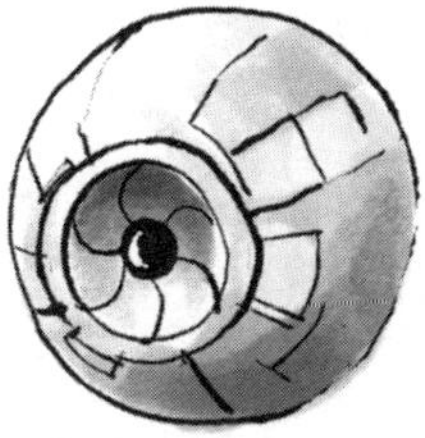

蘋果文庫 134
大衛·威廉幽默成長小說 12

皇家魔獸
The Beast of Buckingham Palace

作者：大衛·威廉（David Walliams）
繪者：東尼·羅斯（Tony Ross）
譯者：高子梅

責任編輯：呂曉婕 | 文字校對：呂曉婕
封面設計、美術編輯：鐘文君

負責人：陳銘民 | 發行所：晨星出版有限公司 | 行政院新聞局局版台業字第 2500 號
總經銷：知己圖書股份有限公司 | 地址：台北市 106 辛亥路一段 30 號 9 樓
TEL：（02）23672044 / 23672047 ｜ FAX：（02）23635741
台中市 407 工業 30 路 1 號 | TEL：（04）23595819 ｜ FAX：（04）23595493
E-mail：service@morningstar.com.tw
晨星網路書店：www.morningstar.com.tw
法律顧問：陳思成律師 | 郵政劃撥：15060393 ｜知己圖書股份有限公司
讀者服務專線：02-23672044、02-23672047

印刷：上好印刷股份有限公司
出版日期：2021 年 06 月 15 日
再版日期：2022 年 6 月 30 日（二刷）| 定價：新台幣 350 元

ISBN 978-986-5582-47-0
CIP 873.596 110004371

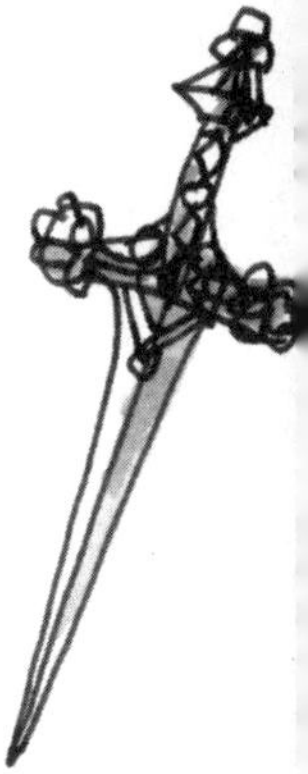

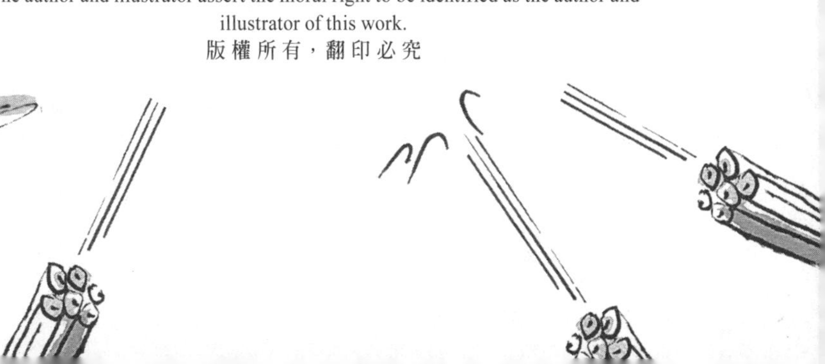

謹獻　給我那勇敢的朋友……

亨利

大衛

Val Brathwaite
創意總監

David McDougalls
藝術總監

Elorine Grant
副藝術總監

Kate Clarke
設計師

Matthew Kelly
設計師

Tanya Hougam
我的音效編輯

David Walliams

誠摯感謝

Ann-Janine Murtagh
我的執行出版人

Charlie Redmayne
執行長

Tony Ross
我的插畫師

Paul Stevens
我的文學經紀人

Harriet Wilson
我的編輯

Kate Burns
藝術編輯

Samantha Stewart
總編輯

Geraldine Stroud
我的公關總監

目錄

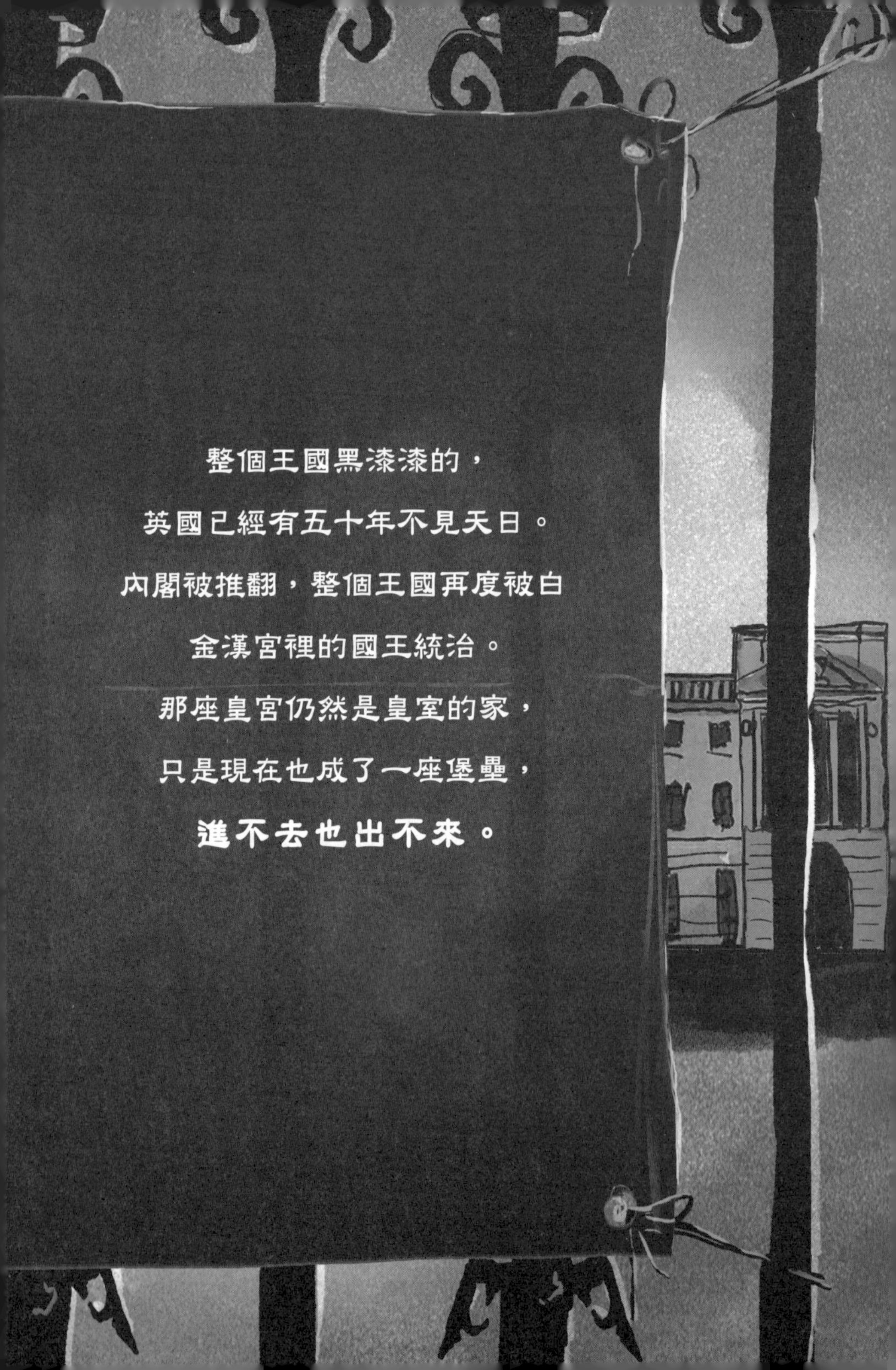
整個王國黑漆漆的，
英國已經有五十年不見天日。
內閣被推翻，整個王國再度被白
金漢宮裡的國王統治。
那座皇宮仍然是皇室的家，
只是現在也成了一座堡壘，
進不去也出不來。

B 英國

時間是二一二〇年，

一百年後的，

未來。

國王曾經是一位偉大的統治者和一位慈藹的父親，
但現在他跟他的王國一樣迷茫。

皇后是一位舉止高雅的女士，
她的兒子非常愛她。
她跟艾弗列王子的母子感情深厚，
牢不可破。

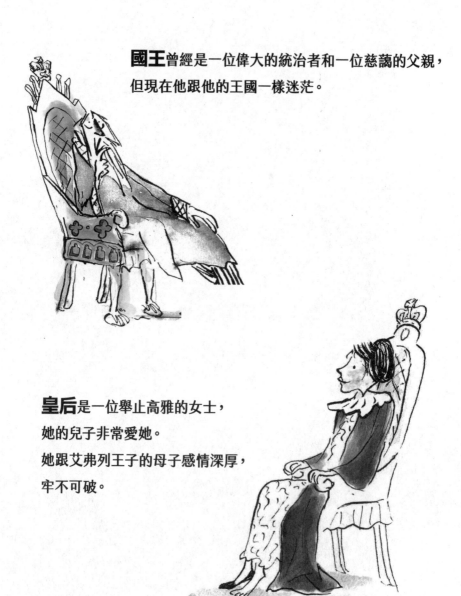

這些是故事裡的人物……

艾弗列王子是個體弱多病的十二歲男孩，
對白金漢宮外面的生活一無所知。

奶媽是一位八十幾歲的老嫗，
照顧兩個世代的皇儲。
她在國王還是小男孩的時候就當過他的奶媽，
現在是艾弗列王子的奶媽。

皇太后是一位上了年紀的女士。
她的國王丈夫還在世的時候，
她曾是母儀天下的皇后，
如今被認定是叛國賊，放逐在外。
沒有人知道她的下落，
唯一知道的人當然只有她自己。

護國公是一位博學多聞的人士，
他的皇室生涯始於四十年前的皇家圖書館，
後來一路高升，最後成為國王的親信顧問，
卻希冀更多的權力。

小小看起來就是個無家可歸的孤兒。
之所以被稱為小小是因為她個子非常嬌小，
她還在蹣跚學步時，父母就被殺害，
從那時起，就必須自行謀生。

碧翠絲

黛芬妮

維吉妮亞

阿格莎夫人和**伊妮德夫人**是皇太后的其中兩位侍女。身為侍女的她們必須服侍皇太后很多事情，譬如侍候她穿衣，幫忙拿花束，代她打字。如今她們和另外四名侍女一起來流放在外，分別是碧翠絲夫人、維吉妮亞夫人、黛芬妮夫人、和茱蒂絲夫人。

伊妮德

阿格莎

茱蒂絲

八爪章魚管家是一具機器人，有八隻手臂，
理論上它可以像人類管家一樣包辦所有工作。

千里眼是一具會飛行的機器人，
外觀類似一顆超大的眼球。
它受控於護國公，
護國公因此可以監控
在白金漢宮裡的所有人事物。

皇家侍衛是一群頭戴黃金骷髏面具、身披紅色長袍的精銳士兵。
他們配有雷射槍，任務是不惜一切代價保衛皇宮。

劊子手是一個彪形大漢，
臉上戴著黑色面罩。
倫敦塔裡的所有酷刑和處決
都由他負責執行。

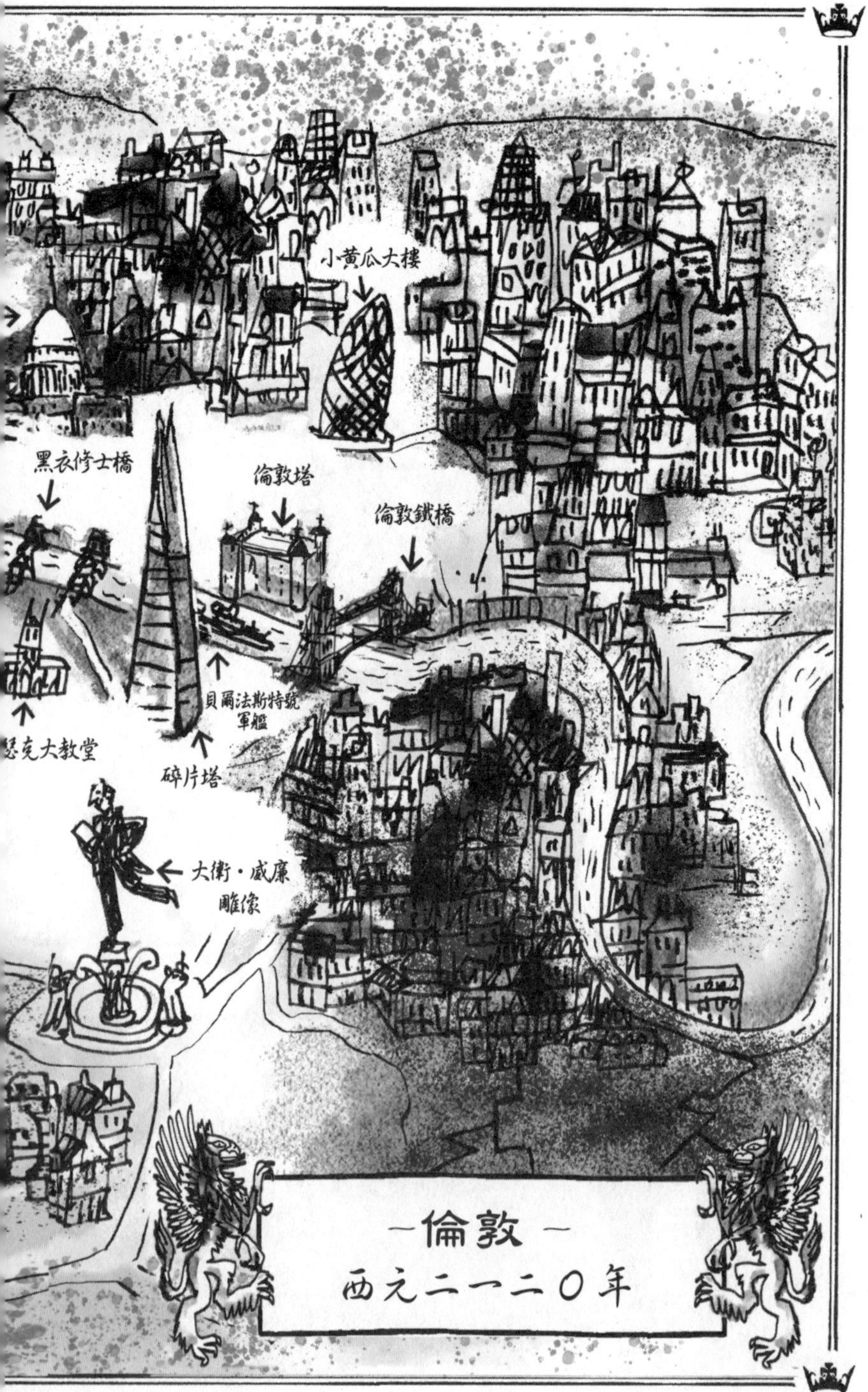
小黃瓜大樓
黑衣修士橋
倫敦塔
倫敦鐵橋
貝爾法斯特號軍艦
克大教堂
碎片塔
大衛・威廉雕像
—倫敦—
西元二一二〇年

倫敦電視塔
皇家阿爾伯特音樂廳
特拉法加廣場
聖保羅教堂
唐寧街十號
滑鐵盧橋
白金漢宮
環球劇
倫敦眼
大笨鐘
西敏宮
英國國會大廈
泰晤士河
巴特西發電廠

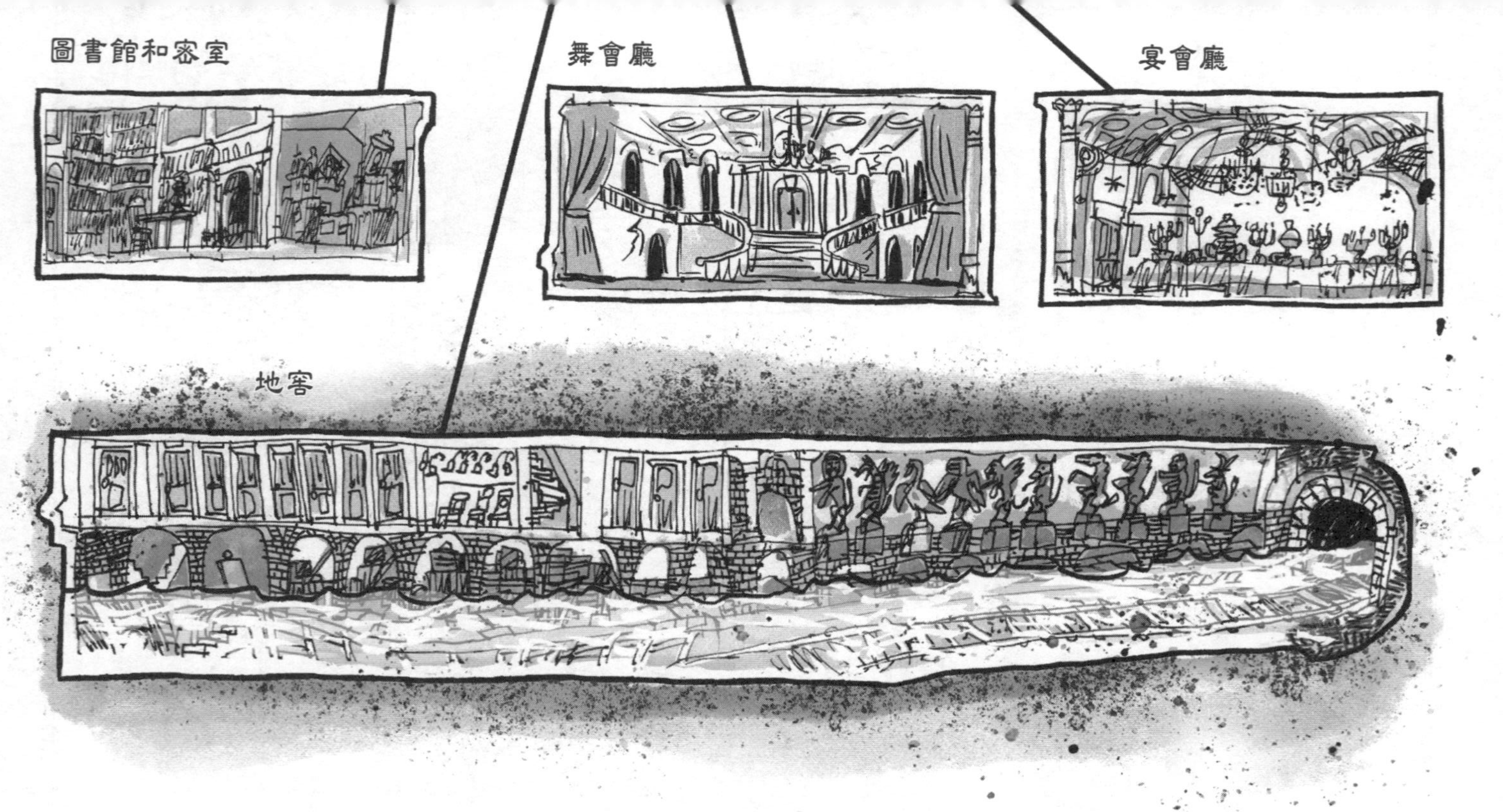
圖書館和密室
舞會廳
宴會廳
地窖

西元二一二〇年，白金漢宮的內部

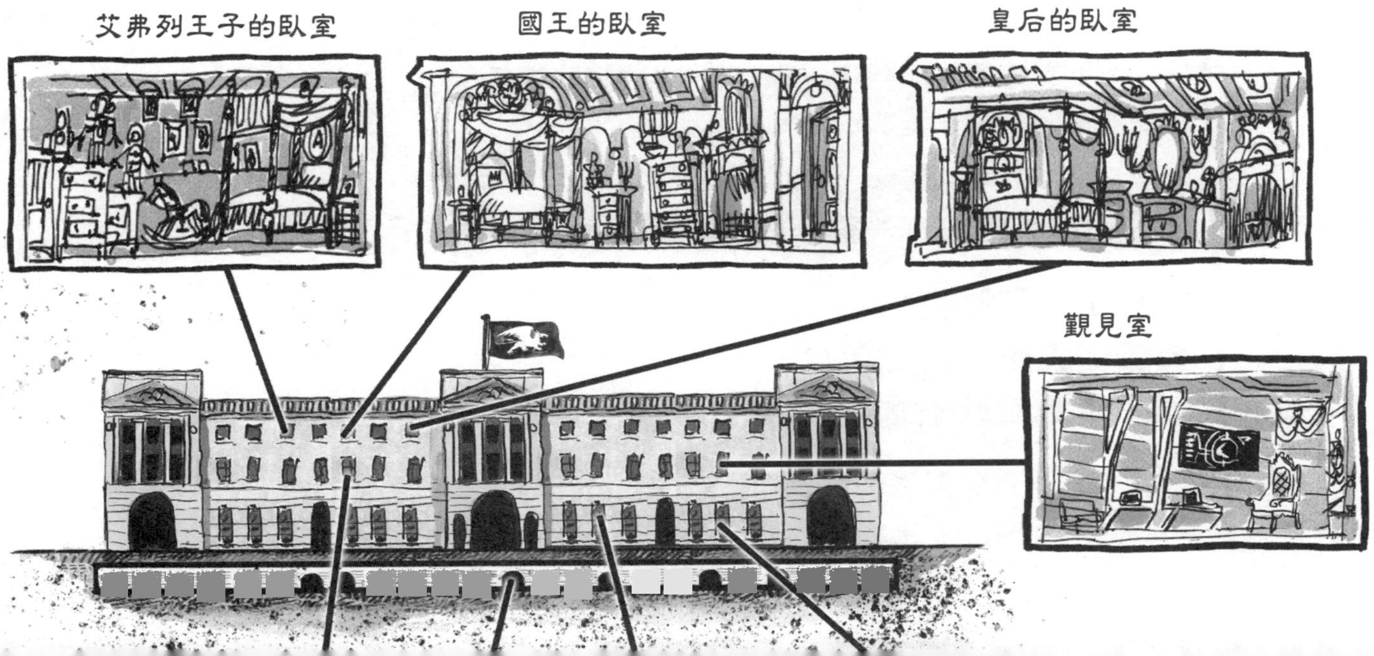

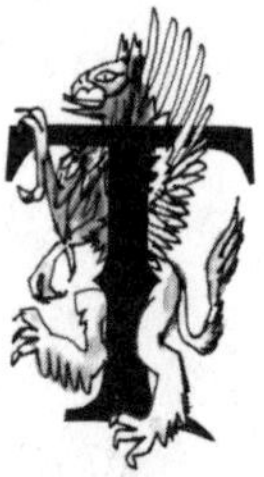

序言

鷹獅獸是萬獸之王。牠是半鷹——鳥中之王——和半獅——百獸之王——的組合。有老鷹的鷹頭和鷹翅，卻有獅子的後腿和尾巴。

幾百年來，人們都認爲這頭神獸只存在於傳說中。

早期文明社會崇拜神獸……比方古埃及和古希臘比比皆是牠的傳說。

中世紀時，這頭半鷹半獅獸成了神力的象徵。

凌駕生死的神力。

創造或毀滅宇宙的神力。

永恆長存的無限神力。

任何人一見到鷹獅獸，都會心生畏懼。這也是爲什麼鷹獅獸幾百年來都被國王和王后拿來當成他們的象徵。舉凡戰袍、旗幟、和盾牌都可見到鷹獅獸的圖案。意思很簡單：**如果你不給我跪下來，就會在這頭神獸的利爪下痛苦一生。**

牠看起來有點像恐龍，就是幾百萬年前橫行地表的那些可怕生物。但是跟恐龍不一樣的是，牠們的骨骸從來沒有被找到過。

可是這不表示鷹獅獸並不存在。

或者會不會有一天突然再復活……

第一部

猛獸降臨

1 黑暗

中午了，天空仍然一片漆黑。

黑暗已經籠罩這個王國長達半世紀之久，只因多年前，住在地球上的人類不曾好好照顧自己的家園。

他們**燒掉**所有森林，將每棵樹燒成灰燼。

他們**抽乾**滿是廢棄物的河流、湖泊、和海洋，害死水裡所有的魚。

他們在地下開挖石油，**越挖越深，越挖越深**，直到地球變成空心爲止。

最後地球展開復仇行動。

北極和南極的冰帽融化。

水患嚴重到**所有國家都沒入水中**。

大地震震碎所有城市，只剩堆積如山的瓦礫。

火山爆發，朝高空噴出數十億噸的火山灰，遮蔽了陽光，所有作物枯萎死亡，再也長不出來。

整個王國陷入**永無休止的冬天**。

這就是艾弗列王子所知的唯一世界。他已經十二歲了，從來沒有見過陽光。他經常想像太陽照在臉上的感覺，或者在長草茂盛的田野裡奔跑是什麼感覺，又或者在陽光遍灑的海面上游泳又是什麼感覺。但也僅止於此，純屬想像。

男孩在書裡見過太陽的圖片，當時大爲驚豔。那是一個完美的金色圓圈，但是現在就連月亮和星星也都越來越難看到。艾弗列王子會花好幾個小時的時間想像，黑幽幽的夜空裡要是有一千顆小光點閃閃發亮，那會是什麼景象。

他就跟那些很愛獨自發呆作夢的小孩一樣。但事實上他也沒別的事可做，因爲他自小體弱多病，出生沒多久就開始生病。當時沒人敢奢望還是小嬰兒的艾弗列能活下來，但他終究活了下來。

但也只是活下來而已。

這孩子膚色蒼白，瘦得像紙片一樣，視力極差，鼻樑上架著厚重的眼鏡。體弱多病，經常成天躺在床上。還好他床鋪四周堆滿成疊的書籍，有很多很多很多書。有動物的書、太空的書、樹木的書、恐龍的書，還有跟書有關的書。

他最喜歡的是跟歷史有關的書。

但問題是艾弗列住的地方有嚴格的宵禁。夜裡是最危險的時候，最有可能遭到外人攻擊。所以晚上八點整，一定要關燈。這是國王下的命令，只要有誰沒關燈被逮到，就會被嚴厲處罰。這個王國裡的各種處罰很是殘暴，那些掌權人士把中世紀的酷刑工具重新搬了出來。

拇指夾

毒蛇鉤

鐵處女

老鼠地牢

死亡輪

碎頭刑

木枷

鐵椅

拷問台

雖然規定嚴格，愛書成癡的男孩卻躲在被窩裡靠燭光來看書……

我們的故事就從這天晚上開始，艾弗列又在做同樣的事，他在讀一本很厚的皮面精裝書，是在講古往今來的英國國王和王后。第一位著名的國王是**艾弗列大帝**。他在很久很久以前……也就是西元八七一年的時候成爲統治者。男孩的名字便是以他的名字來命名，只是這個叫艾弗列的男孩跟「大帝」兩個字一點邊都沾不到，就連他自己也這麼覺得。

正當男孩全神專注地讀著查理一世於一六四九年被處死的歷史故事時，一個震耳欲聾的聲響撼動了整個房間。

蹦！

艾弗列丟下手裡的書。

碰！

他放下蠟燭時，差點燒到書的封面。

呼咻！他把火燄悶熄，吹滅蠟燭。

呼咻！……掀開被子。

嘩！

外頭的大爆炸閃現出紅、橙、黃色的光，照亮男孩的房間。

艾弗列溜下床，用盡全身力氣朝那扇超大的窗台一跛一跛地走過去，但光是這幾步路就害他累得喘不過氣來。

「呼！呼！呼！」他倚著窗框，先讓自己站穩。

艾弗列的臥房位在最頂樓，可以遠眺倫敦。外面有棟建物著火了。但那不是一般的建物。

是聖保羅大教堂。

這棟極具歷史價值的建築……搞不好是全世界最有名的建築之一……已經全毀了。

龐然的半球形白色屋頂像顆蛋般碎裂，巨大的黑煙直衝雲霄。

完了！艾弗列心想，**完了！完了！千萬別燒掉聖保羅啊！**

這些年來，他已經看過很多倫敦的地標接二連三地被毀。納爾遜紀念碑已經坍塌。

筐啷！

倫敦眼已經沒入泰晤士河。

啪唰！

皇家阿爾伯特音樂廳被一顆炸彈炸成碎片，屋頂整個塌陷。

蹦！

艾弗列當下的念頭是，一定是**革命份子**幹的。

這棟建物完全符合他們的攻擊目標特徵。

男孩從沒見過這個機密組織的任何一位成員，但是護國公已經教他很多有關他們的事。艾弗列從護國公那裡聽到的是，這些革命份子很不高興國王重新掌權。他們想推翻他，將他斬首，就像當年的圓顱黨在英國內戰斬首查理一世一樣。

這些革命份子只主張死亡和毀滅。這也是爲什麼護國公說必須不計一切代價澈底殲滅他們的原因。

噠噠噠！

機關槍的聲音突然響起。

「不！！！！」

遠處傳來喊叫聲。

「**啊**！！！！！」

那是尖叫聲嗎？

艾弗列渾身發抖。他雖然很想別開臉，但又忍不住想看。倫敦每天到處都有攻擊事件發生，但這麼大規模的爆炸實屬罕見。男孩雙手撐在冰冷厚重的窗玻璃上，遠眺外面的那場災難。

這就是艾弗列終有一天要繼承的王國。

2 獅心王

艾弗列絕不是你想像中那種很普通的十二歲男孩。他是覺得自己很普通啦，但是大人都一而再再而三地告訴他，他一點也不普通。

艾弗列絕不是普通的「艾弗列」。

他是「艾弗列王子」。

他父親是國王。

有一天他也會被加冕爲國王。

艾弗列二世，英國和英國人民的統治者。

但問題是他雖然會成爲一國之君，卻從來不曾雙腳踩踏在這個王國裡過，他也從沒離開過皇宮過。

男孩那張悲傷的臉經常驚鴻一瞥地出現在白金漢宮頂樓臥房的窗戶上。而就在那扇窗戶上方，有一面旗幟飛揚在皇宮的屋頂。過去幾百年來都是一面英國米字旗——大英帝國的紅、白、藍國旗——但現在卻飄揚著不一樣的旗幟，那是在護國公的唆使下換用的旗幟。它是黑色的，中間鏽有一頭金色的鷹獅獸，代表一切事物都有了新的秩序。英國現在已經沒有內閣，所以也沒有首相或爲民喉舌的從政者。除此之外，也沒有警察，只能靠國王的私人軍隊——皇家侍衛——來執法。

自喬治三世以後的這幾百年來，白金漢宮始終是皇室家族居住的地方。阿弗烈從歷史書裡得知，早在一七六一年，這裡就是皇室的住所。

這座皇宮曾經是一座聖殿。

如今卻成了堡壘。

皇家侍衛沿著圍牆駐守，很容易認出他們，因爲他們全穿戴著紅色兜帽和長袍，臉上罩著恐怖的金色頭顱面具，手臂上套著黑色臂章，中間繡有金色的鷹獅獸，就跟旗幟上的一模一樣。雖然皇家侍衛看起來宛如中世紀打扮，但都配備了雷射槍，只要一射擊，便能把目標物炸得灰飛煙滅。他們的責任是保護住在白金漢宮裡的人。

白金漢宮有過它輝煌的歲月。雖然現在地毯破舊，壁紙剝落，但仍是一個很特別的地方。王子的臥房裡都是古董傢具。他穿的是絲質睡衣，睡在一張有四根帳桿的大床上，只不過這張床會發出嘎吱叫聲，身上睡衣也都是破洞。

皇宮的廚房塞滿你所能想見、各種應有盡有的罐裝菜餚。食物的庫存量多到得花一百多年才吃得完。

艾弗列在皇宮裡很安全。至少他是這麼認為。

男孩的臉朝窗戶貼近，因為聖保羅大教堂的半圓形屋頂陷了下來。艾弗列雖然驚恐萬分，卻沒有辦法別開臉。但是才一會兒，他就分心了，因為走廊裡出現騷動。他聽見房門外有某種掙扎聲和喊叫聲。

「把你們的臭手拿開！你們好大膽！我是你們的皇后欸！」

那是他母親的聲音。

艾弗列一跛一跛地穿過臥室，雖然他已經盡快了，但還是快不了多少。皇后正被兩名皇家侍衛粗暴地扣住。他們是來保護皇室家族的，怎麼反而把她當成罪犯一樣拖著走呢？

最近怪事雖然特別多，但這件事尤其怪。

「馬麻！」艾弗列追在後面喊道。皇后穿著長長的蕾絲睡袍，腳上只剩一隻拖鞋。儘管她被粗暴對待，但還是盡可能維持住某種程度的尊嚴。這是一位向來注重儀容的女士，連一根頭髮都不會讓它亂掉。

每次見到他母親，她的頭髮一定用髮膠整理好，臉上也一定化著妝。但現在她披頭散髮，臉上沒有化妝，而是敷了一層厚厚的夜霜。乍看之下很邋遢。艾弗列向來崇拜他母親，看見她這個模樣，感覺好怪。

「艾弗列！」她回頭大喊，

同時不斷掙扎，拒絕被帶走。

但是兩名皇家侍衛們的臉都被金色的骷髏面具蓋住，根本看不出來他們在想什麼。整個過程裡，皇家侍衛都不發一語，更讓這一切感覺像是一場惡夢。

「馬麻！他們要帶你去哪裡？」艾弗列追問道。

「艾弗列，回你房間去！把門鎖上！」她喊了回來。

「可是……！」

「現在就回去！答應我你會待在裡面！」

男孩沒有回答。

「快答應我！」她懇求他。

「我答應你！」他喃喃說道。

被眼前景象給嚇到的他終於退回房間，砰的關上門。

蹦咚！

他全身僵硬地站在門後，無法動彈，活像被淹沒在水

裡。而這種感覺也很像是一場夢魘。

但這不是惡夢。它眞的發生了。

男孩盈眶的淚水流了下來，爬滿整張臉，就像在證明這一切是眞的，。他的母親…他最愛的母親…正被拖入漆黑的夜裡，他完全無力阻止。艾弗列環顧臥房，到處都是他們合影的銀框照片。

她在床邊念故事給他聽。

他坐在木馬上，
她幫他搖木馬。

她在幫他畫一張圖。

她幫他吹熄
生日蛋糕上的蠟燭。

她跟他一起玩
他的玩具火車。

她送給他一隻泰迪熊

她把他的臉
畫成獅子的臉。

在每張照片裡，小男孩都沐浴在她母愛的光輝裡。

其中一張照片是艾弗列穿上一身盔甲，模仿獅心王理查一世。理查一世是十二世紀時英勇的國王，曾帶領十字軍遠征。艾弗列拿起那幅相片，仔細打量。

這是他母親爲他取的小名。

獅心王

男孩淚水盈眶。他總覺得自己不配有這個名字。他根本不像英雄。生下來就體弱多病，艾弗列早已習慣被人憐憫，有時甚至連他也憐憫自己。

淚水滑落他的面頰。

他覺得自己無力阻止皇家侍衛拖走自己的母親。

這些年來，一直有其他重要人士在夜裡無端失蹤。

首相。

警察局長。

軍方首長。

就連艾弗列的祖母也遭到同樣命運。

獅心王。

他的腦海裡一再迴盪著他母親喊他獅心王的那個聲音。

獅心王。

獅心王過去是一位威武的戰士。艾弗列必須鼓起一些他祖先賜給他的最大大大的勇氣做點什麼……什麼都好。

「**獅心王！**」他大聲喊道。雖然他答應過他母親，但他還是打開了房門。

3 無臉惡魔

艾弗列**一跛一跛地**走在走廊上，他倚著餐具櫃，讓自己稍微喘口氣。皇家侍衛正押解著男孩的母親，就在前方的幾步之遙，他們身上的披風飄來盪去。

艾弗列試著加快速度，但反而被地毯絆倒……

磅！

還扭傷了腳踝。

「噢喔！」

他根本不可能追上他們，這時他想到獅心王理查一世，於是放聲大吼：「我——命——令你們給我停——下來！」

艾弗列不僅大喊後氣喘吁吁，他還從沒下達過命令，因此這道命令聽起來有點怪。雖然艾弗列貴爲皇室，對方又是皇家侍衛，但這兩個無臉惡魔根本不理他。皇后轉頭過來，朝她兒子喊道：

「求求你，艾弗列！我不要你看到這些！」

她的眼裡帶著驚恐，男孩這輩子從沒見過她這種表情。他母親向來是個奇女子，就算眼前明顯有問題，也會假裝一切都安好，編出各種故事來掩飾眞實的現況。

半夜裡的爆炸聲「只是雷聲而已」，她曾這樣說，然後就搓搓艾弗列的頭，直到他再度沉入夢鄉。

他祖母有天晚上從皇宮裡神祕失蹤，事情發生後，他母親就假裝「姥姥」有寫明信片給他。所謂的姥姥就是皇太后，是他父親的守寡母親，男孩很愛她。艾弗列總是叫她「姥姥」，因爲他小時候不會發「奶奶」這兩個字的音。他母親在夜裡把他送上床時，都會大聲讀姥姥的明信片給他聽。

艾弗列後來長大點了，才開始懷疑這些明信片都是他母親寫的。

每當他問可不可以走出白金漢宮時，皇后就會帶著他展開幻想環球飛行。

Post Card
我最親愛的心肝寶貝孫子，
我是在一艘豪華老遊輪的甲板上寫信給你。
我正在環遊世界，請不要為我擔心。
我們總有一天會再相見。我向你保證。
我很想你，也很愛你。
親你親到滿臉口水
姥姥
Post Card
我的心肝寶貝孫艾弗列，
只是用一張小明信片來告訴你，我一切都安好。
你相不相信我已經登上聖母峰？我走了好遠的路，
但是我可以從山頂遠眺好幾英里遠的風景，真是太了不起了。
我希望你知道，雖然我離你很遠很遠，但你始終在我心裡。
我比任何時候都想念你。
給你很多抱抱和親親哦
姥姥

「抓緊我的手，我們一起往上飛飛飛，飛上天，越過倫敦，越過海洋，來到埃及金字塔的上方，再順著美國的大峽谷，沿著中國的長城，最後及時趕回老英格蘭喝杯下午茶。」

在男孩的想像裡，他看得見他母親所形容的一切風景。這些探險帶給他希望，讓他相信自己總有一天可以離開這座皇宮。

就在這時，艾弗列感覺到有東西……或者說有人……往他肩膀上一壓。

咚！

他倒抽口氣，嚇得嘴裡發不出任何聲音。有兩隻戴著手套的手正抓住他。艾弗列轉過身來。發現是另一名皇家侍衛趁他被地毯絆倒時偷偷溜過來。這名侍衛跟其他侍衛一樣不發一語，三兩下就把王子拎了起來，把他拖回房間。

「我說放……放……放……我下來！放……我……我……下來！」

艾弗列無力抵抗，沒一會兒就被丟回自己房間，房門在他身後應聲關上。

蹦咚！

他在門後徘徊，豎起耳朵聽。門外的侍衛站在那等了一會兒，然後才傳來他慢慢走遠的腳步聲。艾弗列在腦袋裡數到一百。雖然他很想快點數完，但他知道這樣會很蠢，他必須慢慢數，直到確定已經安全。

「九十七、九十八、九十九、一百。」

他一數到一百，就慢慢地、悄悄地打開房門，往外窺看，查探有沒有誰在附近。走廊空無一人，於是他躡手躡腳地沿著走廊走，再快步走下又長又彎的階梯，穿過宏偉的舞會廳。這座舞會廳曾經舉辦過全世界最豪奢的派對，如今變得空蕩蕩的。水晶吊燈懸在上方，絲質簾幕垂在地上，潮溼的牆壁長了好多醜陋的霉斑。體弱多病的男孩喘到上氣不接下氣，又一次跌倒在地，這次他整張臉趴在地上。

蹦！

艾弗列發現他的手和臉都沾到粉。一開始，他以爲那是灰塵……畢竟這座皇宮早就鋪了一層灰。但這不是灰塵，它的味道不太一樣。

是粉筆灰！

他蹣跚爬了起來，發現整片地板都有淡淡的粉筆線標示，活像他就站在一幅眞人大小的棋盤中央。看起來曾有人試圖把地上的粉筆標線擦掉，但痕跡仍在。艾弗列彎下腰。棋盤上有寫字和畫了各種符號。雖然他很愛閱讀書籍，但他看不懂這些字和符號。更離譜的是，木板上有燒過的痕跡，還有一大塊地方色澤褪掉了，好像是有什麼沉重的東西曾從這裡移開。

艾弗列渾身發抖，因爲他突然明白：在這座皇宮裡，有不尋常的事情正在發生。

男孩站直身子，正要往前走，卻撞上了某個人。

咚！

也不是某個人，而是某樣東西。

八爪章魚管家

它是一台機器人，專門設定來執行管家的任務。目的本來是要幫大家的忙，讓生活變得輕鬆一點，但實際上卻是愈幫愈忙，根本是在幫倒忙。就算眞的有章魚是金屬製的，而且也會在地上爬來爬去，但八爪章魚管家看起來還是一點也不像章魚。不過很重要的是，它的確有八隻手臂，每隻都有特殊的附加裝置來執行不同任務。「八爪章魚」代表擁有八隻手臂，管家則代表它能做好管家的各種工作，所以被叫做「八爪章魚管家」，但實際上它比較像八爪怪胎。

「早安，總統先生！」八爪管家口齒不清地說道。它老是搞混東西。

「哦，哈囉，八爪章魚管家，」艾弗列咕噥道。「沒想到會撞到你。你可以小聲點嗎？」

「小點心哦，」機器人回答，說完又大聲宣布：「你一定很高興我把你的內褲用熱水煮過了。」

說完，八爪章魚管家就把一件還沒洗過的超大男用內褲丟給王子。那一定是某位塊頭很大的老先生的內褲。

八爪章魚管家具有以下的附加裝置：

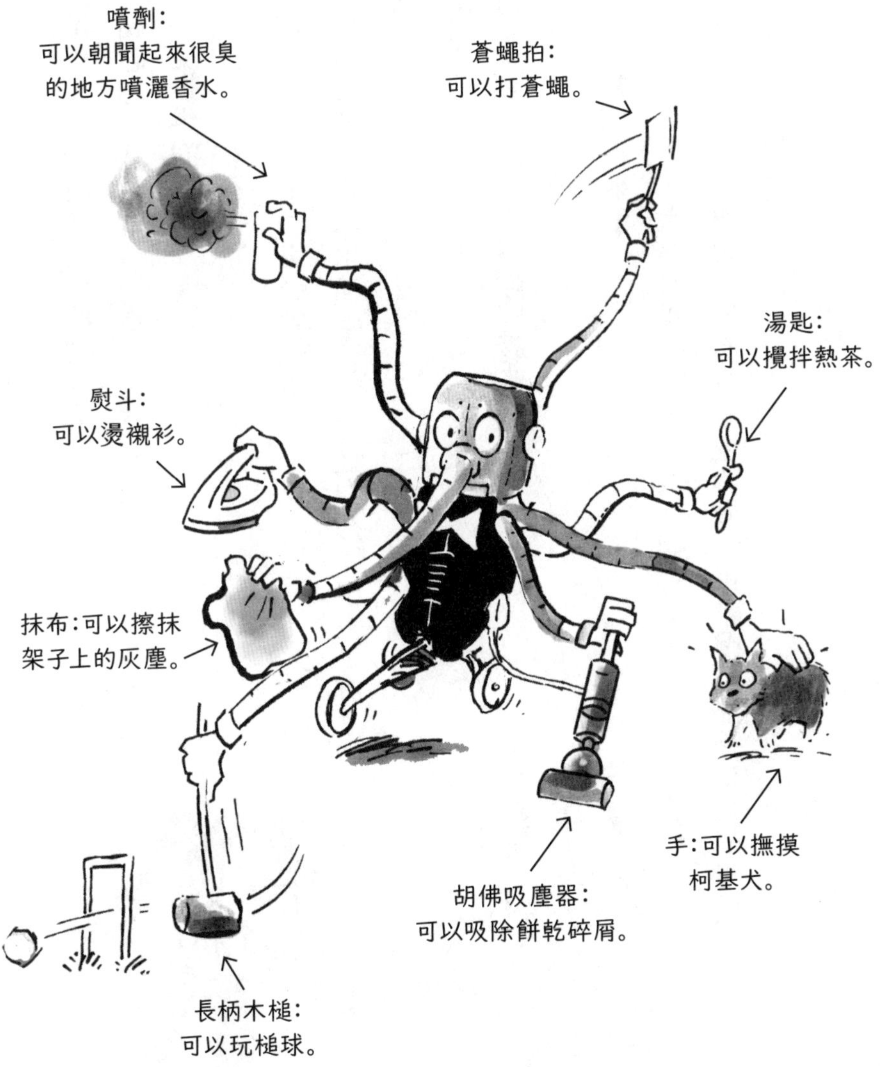
噴劑：
可以朝聞起來很臭
的地方噴灑香水。
蒼蠅拍：
可以打蒼蠅。
湯匙：
可以攪拌熱茶。
熨斗：
可以燙襯衫。
抹布：可以擦抹
架子上的灰塵。
手：可以撫摸
柯基犬。
胡佛吸塵器：
可以吸除餅乾碎屑。
長柄木槌：
可以玩槌球。

咻！

內褲不偏不倚地砸在男孩的臉上。

「謝謝你，八爪章魚管家。」艾弗列邊說邊從鼻子上拿走那件臭烘烘的內褲。

「你要打槌球了嗎？」

「我沒有要打！」男孩斷聲道。

但機器人那隻長柄木槌手臂已經猛力揮了出去，直接擊中牆。

磅！

力道大到官家的手臂頓時鬆脫。

喀！

砰的一聲掉在地上。

少了一隻手臂，現在可以改叫七手八沒腳管家了。

這時艾弗列聽到舞會廳外面有皇家侍衛的軍靴聲，那聲響越來越近。

咚！咚！咚！

侍衛們已經走到舞會廳兩扇對開的大木門外面了。

「你走那邊！」男孩緊張地催促道，同時把八爪章魚管家轉向侍衛的方向。「教皇需要指甲剪。」

「好的，公主！」機器人回答。

艾弗列用盡力氣把八爪章魚管家往前一推，它順勢朝門的方向滾過去。男孩則一邊躡手躡腳地溜出舞會廳，一邊回頭偷看八爪章魚管家撞上那群侍衛，將他們全數撞倒在地。它那隻專摸柯基犬的手，還出其不意地甩了其中一名侍衛的巴掌。

啪！啪！啪！

侍衛一把抓住那隻手臂，不讓它動彈，結果手臂就斷在他手裡。

「完了！」機器人喊道。「我再也不能摸柯基犬了。」

可憐的八爪章魚管家現在只剩六隻手臂，

應該重新取名爲六六大順管家才對，不過它好像做什麼都不順。

覲見室的入口就在艾弗列的前方。

覲見室是白金漢皇宮這棟堡壘裡的堡壘。某方面來看，它猶如一間緊急避難室，像一個巨大的保險箱。整個裝置都是爲了防範攻擊，或者更聳人聽聞的說法是，防範革命份子闖進皇宮。覲見室的牆是用一米厚的鋼材製造，唯一的出入口是一扇巨大的鐵門，靠指紋辨識開啓。只有兩個人有權限進入覲見室。

第一個是男孩的父親，也就是國王。

第二個是國王的首席顧問，也就是護國公。

護國公是一位六十幾歲、舉止優雅的男士。他說話得體，儀態文雅，處事周到。他是一位博學多聞的人士，無論你的話題是什麼，藝術也好、文學也好，哲學也行，他都能引經據典。他總是穿著黑色襯衫，扣子扣到最上面一顆，不繫領帶，再講究地穿上一件灰色西裝。西裝的翻領上特地別了一個金色徽章，跟那面旗幟和皇家侍衛的臂章一樣繪有

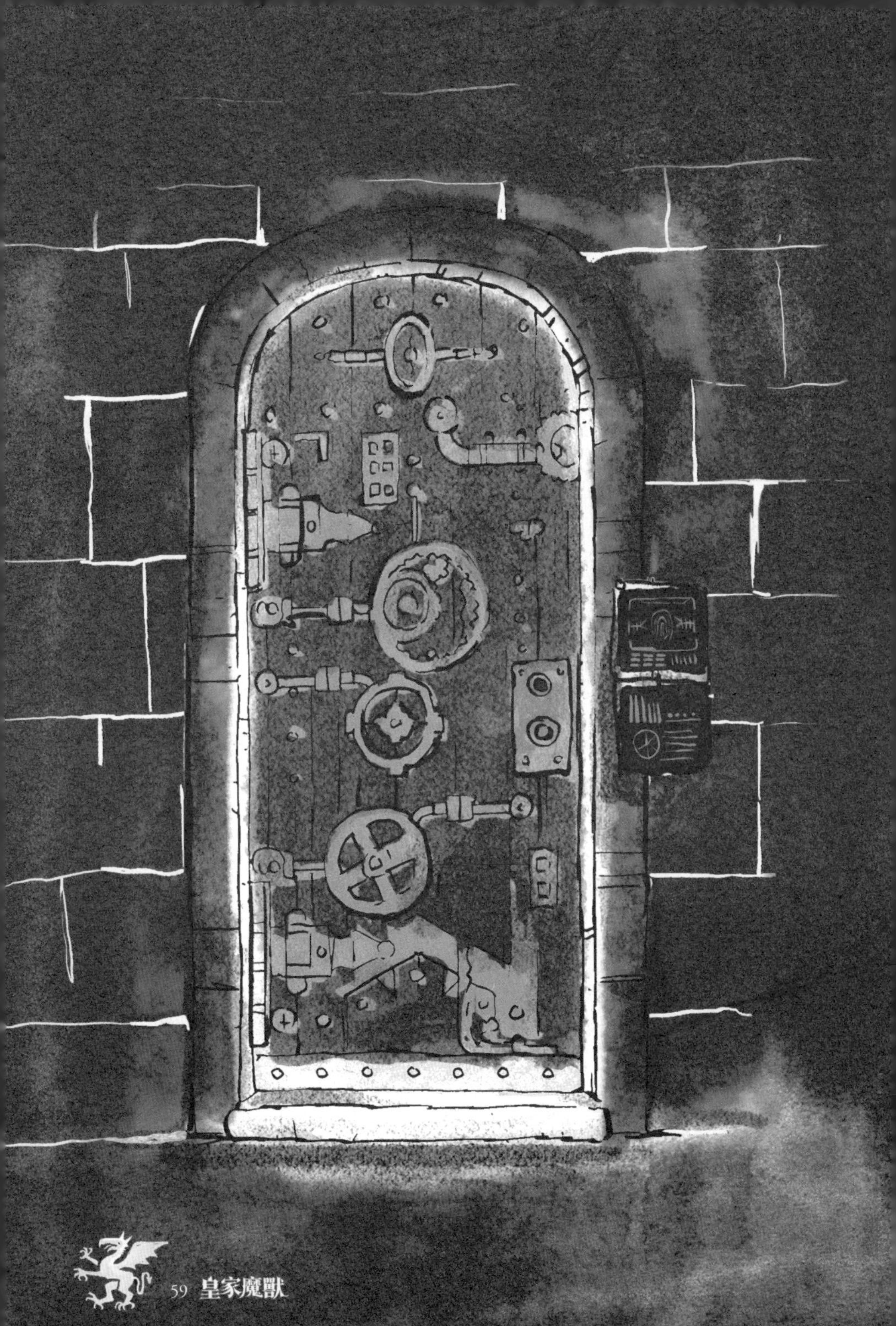

鷹獅獸的圖案。

自大家有記憶以來，護國公就在白金漢宮工作了。他一開始是在白金漢宮的圖書館裡管理成千上萬本的藏書。

大部份的書都陳列在書架上，只有少數幾本被鎖在櫃子裡，開鎖的鑰匙由

護國公保管。那幾本書就像博物館裡的古物一樣不准外借，所以艾弗列不能拿到他房間裡讀。但是他看得到它們的封面。其中一本尤其引起他的興趣。那是一本古老的紅色皮面精裝書，封面上有金色字體。

男孩雖然不是很懂拉丁文，但仍看得懂封面上的書名。Libro 是一個你在圖書館的藏書裡經常會看到的字，意思是「書」。

所以這是阿爾比恩之書[1]。

有一次，艾弗列神不知鬼不覺地溜進圖書館裡，看見護國公正在讀那本書。他從他背後偷瞄了一眼，發現書裡頭有幾幅華麗的手繪圖片，但還來不及看清楚圖片內容是什麼，書就被護國公闔上，鎖回櫃子裡。這使得男孩對它

1 阿爾比恩是英國的古稱。

更是感到好奇。

這些年來，護國公越來越博得國王的信任，甚至成爲國王的親信顧問。

正當這個國家再也種不出作物，再也沒有乾淨的飲水，逐漸步向滅亡之際，護國公竟以國王的名義實施發布了**非常措施**。

- 食物和水採定量配給制。
- 夜裡施行宵禁，人民不得外出。
- 施行包括處決在內的嚴刑峻法。
- 內閣政府不再有合法性。
- 解散軍隊和警察，以皇家侍衛取代。
- 英國米字旗改成鷹獅獸旗。

自從接連的天災讓個王國陷入永無止盡的黑暗之後，國王就變得很倚重護國公，由他負責指導國王如何面對這個可怕的新世界。這些年來，國王變得越來越沉默寡言，好像魂都沒了。沒有人知道爲什麼這位曾經活力十足的國王會變得像是一具行屍走肉。沒多久，國王就淪爲名義上的統治者，將整個國家交由護國公來掌理。

艾弗列突然瞄見他母親就在那扇通往覲見室的大鐵門外面，正被皇家侍衛一路拖著走，他趁機跟了上去。皇后女士發出很大的聲響，掙扎著想要脫身，剛好轉移了兩名侍衛的注意。

「你們不能這樣對待皇后！放開我！你們聽到沒？立刻放開我！」

男孩**躡手躡腳地**跟在後面，這時鐵門滑開了……

呼咻！

……他深吸

口氣，

然後……

偷偷溜進去。

4 遊魂

這間覲見室跟白金漢皇宮其他幾百年來都沒改變過的地方比起來，反而相當現代化和高科技。比如覲見室的牆面、地板、和天花板都是銀色金屬。其中一堵牆還掛著一面巨大的電視螢幕，皇宮內部各種角度的畫面，倚靠一架巡迴飛行的機器人提供。

螢幕前面的王位癱坐著一個人。

是國王。

國王只有五十來歲，看起來卻蒼老許多。他有很長的白鬍子，眼睛有很深的黑眼圈。這些年來，他的外表起了很大的變化。這位原本英俊挺拔的國王，本來充滿活力、笑聲和慈愛，如今卻成了一具空殼。艾弗列心想他一定遭遇過什麼，才會變成這樣，而且一定是可怕的遭遇。他父親已經完全變了，跟艾弗列還在蹣跚學步時完全不一樣了。親眼目睹父親的改變，著實令艾弗列煩惱。國王一如往常地穿著絲質睡衣和睡袍。他從不換上外出服，也沒刮過鬍子或甚至洗把臉。

你絕對猜不到他就是國王。他曾經是英國人民偉大的守護者——如今看起來卻像是他們的敵人。

護國公站在國王身後，他修長的手指正在王位的椅背上滑動。

「護國公！看在英國的份上，你到底在做什麼？」皇后質問道。

護國公的目光越過她和兩名皇家侍衛……瞄到了蹲在他們後面的王子。

「唉，眞是不巧，這裡竟然有位不速之客。」他惱怒道。

「你在說什麼？」皇后質問道。她回頭一看，發現她兒子竟躲在後面。

「馬麻，對不起。」

皇后很是懊惱。「艾弗列，我不是叫你待在房間裡嗎？」

「我知道，可是我不能讓他們就這樣把你帶走。我不可以不戰而退。」

皇后用嘴型告訴她兒子**我愛你**。

男孩也用嘴型回她**我也愛你**。

「**父王！**」艾弗列喊道。「他們要把馬麻帶走，你必須阻止他們！」

國王朝他兒子轉頭，但雙眼無神，像是藏著很深的憂傷，誰都摸不著。

他盯著艾弗列，但目光似乎穿透了他，望向後方縹緲的空間。他好像已經沒有任何思緒或感覺了。

「王子殿下，」護國公開口說道，「請容我說你幾句，像你這麼年幼的孩子實在不適合在這個時間點出現在這種地方。讓我叫你的奶媽來。她會安全地護送你回自己的房間去。」

「**不要！**」男孩不知道從那裡找來的勇氣，突然大聲拒絕。

「不要？」護國公總是有辦法可以泰然地回答。

「**不要！**我得知道你要對我母親做什麼！」

皇后逕自一笑，似乎是在說**真是我的好孩子**。

「父王，求求你幫我們！」

國王抬起一隻手，似乎在說「夠了」。但他兒子馬上就注意到他父親的手掌上有著驚人的傷口。不過他以前也看過類似傷口，只是每次問他父親，他似乎都不記得自己是怎麼受傷的。

護國公得意地笑著，完全不理會男孩的怒氣，逕自開口，語氣慢條斯理。

「王子殿下，這裡頭一定有什麼誤會。我不會對你的母親……也就是皇后有任何的不敬。我只是國王的僕人。」

皇后表情難過地看了國王一眼。「我丈夫已經成了一個遊魂，這情況好多年了，多虧有你，不，不對，**這全是你造成的，護國公！**」她控訴道。「你空有護國公的封號，卻不保護任何人或任何事，只保護你自己。你正在毀滅這個王國，但你無法毀滅我！」

護國公微微一笑，嘆了口氣。「請原諒我，皇后陛下，但你錯了。這件事跟我無關，下令逮捕你的是你的丈夫，國王陛下……親自下達的。」

皇后和王子都不相信他們所聽到的。

「父王。」男孩喊道。

但國王沒回答。

「父王！」

國王那雙黑色眼睛似乎有了一點生氣，他凝神注視著他的兒子。

「艾弗列？」他問道。「是你嗎？」

「是的，父王，是我。我是你的兒子艾弗列！」

他已經好幾天沒見到他父親，他給他的感覺似乎比以前還要遙不可及。「父王，你到底在做什麼？母后剛被侍衛逮捕，護國公說是你下的命令！」

國王提起精神，終於開口。他聲音很小，說得很慢：「革命份子今晚又發動攻擊。聖保羅大教堂被毀了。」

「那是虔誠禮拜的一個莊嚴場所，」護國公嘆口氣。「這種作爲

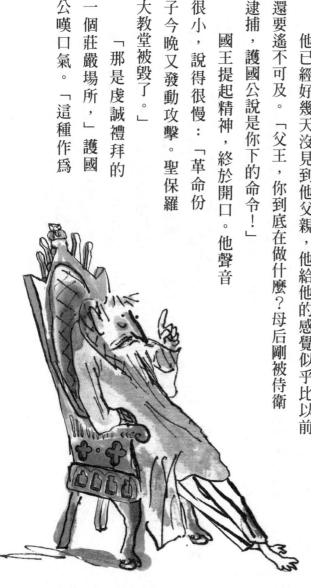

就算是用那些垃圾革命份子的標準來看，也夠低級了。」

「這跟我到底有什麼關係？」皇后質問道。

護國公的嘴巴扭曲成一抹獰笑，但沒有吭氣。

國王開口說道，但是不願直視他妻子的眼睛。「跟你很有關係。」

「胡說八道！」她抗議道。**「根本胡說八道！」**

國王的眼神開始閃爍不定，他別開臉，不忍看著他妻子。「不好意思，我對你的懷疑已經有好一陣子了。」

「懷疑我？」她質問道，一臉無法置信。「我是皇后欸！」

「你已經被監視一段時間了，千里眼全都看到了。」護國公補充道。

「我得到情報，」國王繼續說道，但仍然無法注視她，「說你跟革命份子有直接聯繫。」

皇后一臉通紅，氣急敗壞地想證明自己的清白。「可是……我……」

「皇后陛下，你不否認，對吧？」護國公追問道。

「對，我，呃……」這位女士說得結結巴巴。「不，我當然否認！」

護國公又開口了：「那你爲什麼要把這東西藏在你房間？」

他掀開一塊布，露出一台老式無線電收音機，像是俯首認罪似地蜷縮一張金屬桌上。收音機附有麥克風、喇叭、和天線，看上去就像回到近兩百年前的二次世界大戰期間。

「我這輩子從沒見過這東西！」皇后抗議道。

「它是在你更衣室的祕密夾層裡找到的。」

這時收音機突然劈啪作聲，彷彿活了過來，一個像是嘴巴被捂住的聲音從另一端傳來。

「權杖號呼叫雷吉娜，收到請回答，完畢。

有沒有聽到？」

皇后垂下頭。

艾弗列總覺得這聲音很熟悉，但又不確定。這聲音好像是來自於遙遠模糊的回憶。

「雷吉娜是拉丁文，意思是皇后。」護國公開口說道。「過去幾個禮拜，這些加了代碼的通話內容來來回回，多達幾百通。我們在覬見室裡把它們全解碼了。而今夜就在你們的最後一則通話『**磅蹦！**』之後沒多久，另一棟珍貴的建築就陷入火海。這眞是病態，太病態了！」

艾弗列不敢相信，也不願相信。但他從他母親臉上的表情看得出來這一切都是眞的。

「馬麻？你怎麼會做這種事？革命份子都很邪惡！他們想把我們全殺掉！」他大聲喊道。

「你聽我解釋，」她慌張地說道，同時朝國王轉過身去。「我親愛的老公，你變了。你出了一些問題，很糟糕的問題，但我不知道究竟是什麼問題。我拜託你，求求你，不要這樣對我！」

護國公朝國王轉身。「陛下，你想要我怎麼處置這個叛國賊？」

聽見**叛國賊**這三個可怕的字眼，艾弗列嚇得頓時噤聲。

「送她去倫敦塔。」國王下令道。

「**不！**」皇后尖叫。「亨利，是我欸！我是你妻子，你孩子的母親。我愛你。爲什麼你要這樣對我？還是這其實都是護國公的主意？你是被他下了什麼魔咒嗎？」

皇家侍衛在護國公的點頭示意下，上前緊扣住皇后的臂膀，將她拖出去。

「馬麻！」艾弗列大聲喊道。他伸手想抓住她的手，但還沒抓到，就被一名侍衛推開。

「唉喲！」

男孩跌在地上。

蹦！

「你現在是這個王國的唯一希望了，」皇后說道。「再會了，獅心王！」

艾弗列眼睜睜地看著覲見室的鐵門緩緩滑開……

呼咻！

然後在她身後關上……

他的母親不見了，也許永遠再也看不到了。

護國公快步走向王子。「好了，好了。」他說道，同時伸出手想安慰他。

「不要，我不要你碰我。我要馬麻回來。**拜託你！求求你！**」

「殿下，我明白這消息對你來說很悲痛，你的母親，也就是皇后，竟然是叛國賊。但我希望你知道，我會一直都在你身邊。我是你忠心的僕人，一輩子都是。如果你需要抒發心情，我的門一定爲你敞開，就像我對你父親一樣。」

「請你們離開，」國王說道，但仍然別開目光，望著飄渺的空間。「我需要靜一靜。」

「當然囉，陛下，」護國公回答，同時緊抓住王子的手。「你的心情一定比我們都痛苦。」他仍然緊抓住王子的手，沒有放開，直接朝鐵門走去。

「父王？」艾弗列說道，同時朝國王轉頭。

「請你不要煩你父親，你剛也聽到陛下……也就是你父親說的話了，他需要靜一靜。」護國公說道。

「馬麻是好人，」男孩說道。「最

好的人。如果她會做出這種事，一定是有什麼苦衷。」

「那個苦衷就是她內心邪惡。」護國公打斷道。「倫敦塔是最適合她的地方。劊子手一定能好好處置這種外魔邪道……不計任何手段地處置好。」

艾弗列呑呑口水。不管「不計任何手段」是什麼意思，聽起來都很要人命。不管誰被送進倫敦塔裡，就再也出不來了。

「好了，小王子，像你這麼體弱多病的孩子，不應該這麼晚都還沒上床睡覺。這樣會得重感冒哦。」護國公說道。「有一天你也會當上國王。我們可不希望你現在就出什麼事，對吧？」

巨大的鐵門緩緩滑開……

呼咻！

他帶著男孩走出覲見室。

艾弗列回頭看了國王最後一眼。他希望看到他父親流露出一絲絲的仁慈，他曾經很仁慈寬容，只要還有一絲絲就好。

但……

什麼也沒有……

5 緊盯不放

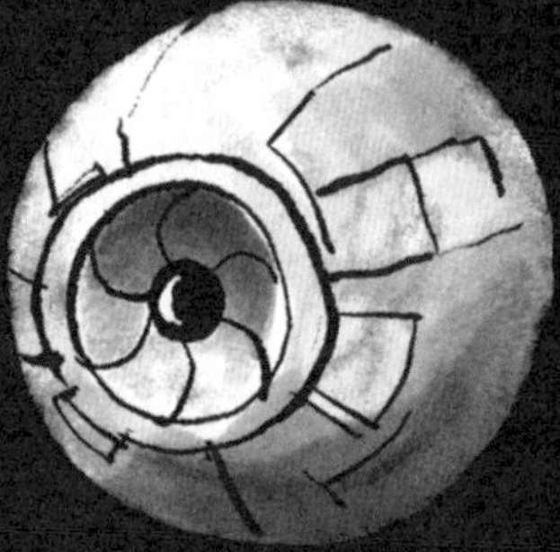

正當護國公帶著他慢慢沿著廊道走時，艾弗列感覺到有什麼東西正在他們後面盤旋不去。

他回頭一看，發現一隻巨大的眼睛正瞪著他。那是**千里眼**，會四處漫遊的超大型攝影機。

它是靠數以千計的微小噴射口驅動，因此可以安靜無聲地朝任何方向移動。

上上
下下
右右
左左

還有上下左右之間的任何一個角度。

千里眼可以飛上高空，從皇宮上方遠眺四周幾英里外的地方，也可以靜悄悄地滑進白金漢宮的深處。

透過它那隻眨也不眨的眼睛所看到的一切，都會立刻直播到覲見室的那面大螢幕上。國王，當然還有護國公，便能一目瞭然所有動靜。

任何人事物都無法逃過它的法眼。

艾弗列筋疲力竭，不只體力上的，也包括心理的。他費力地爬上那道又長又彎的階梯，好不容易回到皇宮頂樓的房間。

他終於走到自己的臥房，護國公這時對他說道：「晚安，王子殿下。我知道你很愛看書，要不要我幫你唸一個枕邊故事？」

「不用，」他生硬回答。「我不是小貝比。」

男孩的眼裡都是淚水，感覺刺痛。

「請原諒我這麼說，但你有時候眞的很愛哭。」

艾弗列很想揍他，如果他還有力氣的話。

「只是開個小玩笑，沒必要爲一個叛國賊流淚。你先請吧。」護國公輕聲說道，並微微鞠躬，讓年輕的王子先走進門內。

然後接下來就像近距離表演的魔術師一樣，護國公狠準地從門內的鑰匙孔拔出鑰匙。

「我覺得這鑰匙最好由我來保管，這當然是爲了保護你。」他說道。

「可是……！」

「晚安，祝你有個好夢。」

護國公拍拍他的頭。艾弗列無法忍受被他細長的手指碰到，他渾身發抖。千里眼還在後方盤旋，護國公關上王子的房門，順道鎖上。

喀！

艾弗列蹣跚爬上床，躺了下來，將頭埋進枕頭裡。

他想要像個小貝比一樣不管三七二十一地嚎啕大哭。但此刻，淚水是解決不了任何問題的。

艾弗列一定得做點什麼才行。

他從床上坐起來。他看得到窗外的聖保羅大教堂還在燃燒中。到了早上，這棟歷史建物……倫敦天際線的地標……將會變成一堆燒焦的瓦礫。

男孩心裡很清楚，這場攻擊絕不可能是她母親策畫的。這跟他所認識的母親完全不符，他比誰都瞭解她。他母親個性和善、很有愛心，是他所認爲最棒的媽媽。皇后不可能做出這種不堪的事情，而且重點是，她做這件事有什麼意義呢？

革命份子是皇室不共戴天的敵人。他們想要皇室家族全數死光，所以這沒道理啊。

艾弗列決定找出眞相。

舞會廳地板上神祕的粉筆標線。

他父親手上奇怪的傷口。

他最愛的馬麻被烙上叛國賊的罪名。

這些都不可能是眞的。

阿弗烈決心證明母親的清白。

要達到這個目的，就必須成爲偵探才行。

男孩躡手躡腳走向房門，從門板底下的門縫窺看。他看到地上有個黑影，一定是千里眼還在外面盤旋，監視他。就算他能找到方法打開房門，皇家侍衛也會立刻趕過來，到時他的下一站就會是倫敦塔了。

於是艾弗列改變方向，躡手躡腳地朝窗戶走去。

白金漢宮的輝煌歲月早已不再，因此王子的房間也已遭蛀蟲侵略，金龜子的幼蟲還將木頭蛀得穿透了。他的床框、櫃子都有很多小洞，每次他把房間地板中央那塊布滿髒汙的絲質地毯捲起來時，就會看到地板上的很多小洞。

房裡的窗框是木頭做的，早已腐朽。艾弗列的手指撫過窗框上數以百計的小洞。冰冷的空氣正穿過小洞發出颼颼聲響。這表示就算玻璃是防彈的，還是有辦法可以拆掉整片玻璃。

艾弗列偷偷走向他的衣櫃，從桿子上取下一根鋼絲製的衣架。

框啷！

然後開始轉開它……

鏘！叮！鏗！

……他把它扳直成一根金屬桿，尾端仍保有一點弧度，再塞進窗框上的其中一個小洞裡。接下來，再去拿另一根衣架。

框啷！

一樣把扳直的金屬桿塞進窗框下面的小洞裡。然後再把另外兩根塞進窗框另一邊的上面的小洞和下面的小洞。

雖然艾弗列已經很累了，但還是把四根衣架的尾端全抓在手上，然後用力一拉。起初一點動靜也沒有。這也難怪，畢竟要手臂瘦弱的男孩使盡力氣拉動它，其實是很困難的。艾弗列深吸一口氣，再試了一次。這次更用力，但窗戶仍然紋風不動。最後他閉上眼睛，用盡全身力氣猛拉衣架的末端。

成功了！

整個窗框都鬆脫了，一大塊窗玻璃正朝他迎面倒下。

呼咻！。

那塊玻璃沉重到很可能壓扁他。

但還好他及時接住。

啪噹！

「噢！」

艾弗列馬上察覺自己無法抓得住那塊玻璃，他盡可能緩慢安靜地將玻璃放到地板上。

砰！

颼！

一陣寒風迎面掃進他的房間。

呼咿！呼咿！

就艾弗列有記憶以來，他從來沒呼吸過外面的空氣。

他探頭往外看。外牆上有一根排水管，他可以用手臂搆到，所以也許他可以爬下去。但是他不能讓窗框躺在那裡，白金漢皇宮的其中一面牆要是少了一扇窗，一定會啓人疑竇。所以他必須把它裝回去，他把四根衣架換一個方向塞，然後爬出去，站在滑溜溜的窗台上。

這時候艾弗列才明白皇宮頂樓離地面的距離其實很遠。要是他沒抓好，絕對會摔成人肉果醬[2]。

2　人肉果醬被認為是最噁心的一種果醬。其他不受歡迎的果醬還包括：

然後他把自己的重量當成槓桿，
從外面將窗戶拉回原來的位置。

再用盡全力跳到排水管上。
但是皇家侍衛日夜都會用探照燈掃視皇宮外牆，
看有沒有入侵者，爲了避開探照燈的光束，
男孩只好滑到側邊。

他的房間就在國王房間隔壁。自艾弗列有記憶以來，國王和皇后便是分房睡。

國王的房間很大，有一張四根帳柱的大床，咖啡桌旁有兩張沙發和一座大理石壁爐。艾弗列從窗戶外面可以看見他父親獨自坐在床尾，國王正直視著前方。一開始艾弗列擔心可能被他父親瞥見。但是沒有，國王只是呆坐著。

國王搓搓自己的手掌，他的手上有很多舊傷

這時，國王的房門開了。

喀答！

是護國公。艾弗列趕緊躲開他們的視線範圍

過了一會兒，男孩才又抬起頭來，隔著窗戶偷看。

只看見護國公帶著他父親離開房間。**但是他們要去哪裡呢？**

房門在他們身後關上，艾弗列只好慢慢

沿著
排水管
往下爬。

下面是圖書館的窗戶。這是皇宮裡最大的房間之一，裡面上上下下都塞滿古董級的書籍，全都是很特別的書，有些甚至很罕見。

在圖書館裡見不著護國公的身影，艾弗列倒是覺得很稀奇。護國公經常被發現獨自待在圖書館裡閱讀，而且一待就是到深夜。圖書館是這位先生在白金漢宮裡第一個落腳工作的地方，那是很多年以前，當時他還只是一個謙卑恭順的圖書館館員。幾十年後，竟成了護國公。

窗戶裡的窗簾有縫隙，艾弗列小心地貼近窗戶窺看。

裡面的燈沒開，屋裡是暗的。

但幽暗的空間裡有燭光閃爍不定。

裡頭有人影，正背對著窗戶。那是誰呢?在做什麼?

艾弗列很難看得清楚，他保持不動的姿勢，盡量睜大眼睛。

有人正試圖強行打開那個裝著珍貴書籍的櫃子，不過對方好像很慌張，好

古英國
古往今來的家徽
皇家宮殿的历史
龍之書
皇冠寶石
清教徒革命
皇室肖像
叛國賊百科
留名青史的
斬首事件
英國傳說裡的巫術
皇室馬桶
中世紀英國的味道：一抹就能聞到的書

像沒有拿到就無法活了。

艾弗列把臉貼近窗戶，想看清楚，結果腳一滑，頭撞上玻璃。

咚！

蠋火立刻熄滅，圖書館陷入漆黑一片。

艾弗列趕緊從窗前移開。

但這時探照燈朝他射來。

皇家侍衛會從地面射擊他嗎？

艾弗列學旁邊的石雕滴水獸那樣動也不動，還好探照燈的光束只是從他身邊掠過，王子連大氣都不敢喘。

這時他聽見窗戶被打開的聲音。

嘎！

他趕忙爬下排水管，但這時有隻手伸出窗外，把他猛地一抓，拉了進去。

「**噢喲！**」他尖喊道。

6 夜深人靜

「夜深人靜，你在外面做什麼？」一個聲音質問道。

艾弗列癱在圖書館的地板上，一個人影在上方。這聲音他再熟悉不過了。

「奶媽？」

『噓！』她要他別出聲。

「是你！」

「我知道是我，你也知道是我。但我們沒必要讓全世界都知道吧。」

「你在這裡做什麼？」男孩蹣跚爬了起來，同時問道。

「這話是我先問的。」奶媽回答。

這位女士一定有個名字，但是大家都叫她「奶媽」。這位胖嘟嘟又笑咪咪

老太太已經八十幾歲，年紀大到曾在有生之年看過陽光普照的英國，在黑暗籠

罩整個王國之前。

奶媽照顧過兩代皇儲：王子和他的父王。因此她是最受信賴的皇室僕人之一，更不用說夜深人靜的時候撞見誰從事什麼壞事，你絕對不會想到是她。

「好吧，」艾弗列開口道。「我在找東西。」

「什麼東西？」

「我不知道。」

「哪有可能你在找東西，但又不知道那是什麼東西。」

「這是個好問題。」他回答。「我想等我找到的時候，就知道那是什麼了。」

「只是到處看看。」現在該你告訴我，你在這裡做什麼？」

「到處看看？」

「我在找一本書。」

「什麼書？」

奶媽立刻改變話題。「你看看你！會重感冒的。你這體弱多病的孩子，竟然只穿睡衣在白金漢宮垂降！八成是神經錯亂了！過來這裡，我的小王子！」

老太太把男孩拉近，給他一個很大的擁抱，馬上就發現他身子很冰冷。艾弗列視線越過她的肩膀，看見《阿爾比恩之書》並沒有放在櫃子裡平常位置上，反而擱在一張小桌子的一疊書上。他覺得奇怪，但沒吭氣。

「哦！你凍得跟冰塊一樣！」奶媽繼續說道。「我們得馬上讓你泡個熱水澡。來吧……」

「不要。」王子回答。

「『不要』是什麼意思？」

「我走了這麼遠，不是爲了泡熱水澡。」

「那沖個澡好了？」

「不要！」

「洗臉盆？」

「不要！」

「坐浴桶？」[3]

「不要！」男孩咆哮。爲什麼他要在這個時候使用坐浴桶呢？

3 如果你不知道坐浴桶是什麼，找個法國人問就知道了，或者找個屁股很臭的人來問。更好的辦法是找個屁股很臭的法國人來問。

「我在找一個答案！」艾弗列說明目的。

「這個答案的問題是什麼？」奶媽問道。

「爲什麼我母親要被帶到倫敦塔？」

奶媽搖搖頭，嘖了一聲。「是啊，我也有聽到你那可憐的母親被拖走的聲音，她又哭又叫的。我還試圖阻止那些侍衛。」

「你有嗎？」艾弗列問道。

「有啊，我還罵了他們，甚至跳到其中一個人的背上。」

「結果呢？」

老太太難過地搖搖頭。

「我不是他們的對手。大概有六個人來架走她吧，他們把我摔到地上。」

「天啊，奶媽，你有怎麼樣嗎？」

「就青一塊紫一塊的啊，」她說道，同時揉揉她的手臂。「不過奶媽我壯得很，不會有事。」她露出假牙微笑道。她每次說話時，假牙就會喀答喀答響。

「你相信馬麻眞的是叛國賊嗎？」

奶媽嘆口氣。「好像很難相信，但誰知道呢。有時候敵人其實近在眼前。」

這句話令男孩背脊發涼。

「這話什麼意思？」他問道。

「我意思是，也許是眞的……只是也許啦。」

艾弗列一想到馬麻是**叛國賊**，便覺得反胃。

「好了，我的小王子，你身體不好，必須趕快回到床上。早上再起來加倍幫忙奶媽煮特製的粉粉蛋，好不好？」

艾弗列嚥了一下口水。他很不喜歡奶媽特製的粉粉蛋。雖然他這輩子每天都在吃它，但始終沒有勇氣告訴她。皇宮裡現在已經沒有新鮮的雞蛋，其實任何地方都沒有，所以粉粉蛋做出來的炒蛋都是用粉狀的蛋炒出來的。它們的味道很怪。是怪異的怪哦，不是怪好笑的怪，哈哈。[4]

「我不要上床睡覺！」男孩大聲宣布，但說完就打了一個哈欠。今晚的遭遇已經害他筋疲力竭，但他還是決定奮戰到底。

「你要！年輕人，你現在就給我上床，沒第二句話！」

「**可是……！**」

奶媽突然站直。她聽到聲音，於是用手指抵住嘴唇，要他別出聲，再示意他圖書館盡頭那扇門。艾弗列躡手躡腳走過去，低下身子隔著鑰匙孔窺看。

奶媽猜得沒錯。外面好像有人，或者說有東西。當他把小眼睛貼近鑰匙孔時，發現竟然有隻巨大的眼睛瞪著他。

「咿！」男孩倒抽口氣。

『噓！』奶媽要他別出聲。

千里眼正在門外盤旋。恐懼像大浪一樣襲捲他全身。

他動都不敢動，直到那隻眼睛最後沿著長長的廊道飛走。

艾弗列等到它飛遠了，才又躡手躡腳地經過書架，回到奶媽這裡。

「是誰啊？」她低聲問道。

「是千里眼。」艾弗列也小聲說道。

「我真的再也受不了那顆陰魂不散的沙灘球了！有一次我在上廁所，竟然

4 如果說蛋的味道太好笑，那也太怪了吧。

發現它在監視我！真是不要臉！它有看到你嗎？」

「我不知道。」男孩吞吞口水說道。

「到底有沒有看到你？」她追問道，顯然很在乎答案。

「我不知道，也許有吧。」

「也許有？」她煩躁地說道。「那麼也許我們兩個都會被送進倫敦塔裡！我們得離開這裡，而且要快！」

「我應該回去我剛來的地方嗎？」

「窗戶？不，不，不行！」奶媽厲聲說道。「侍衛剛沒發現你，算你運氣好。要是被發現有人晚上摸黑爬牆，保證你從這裡被炸到吐魯番去！」

「那現在怎麼辦？」

就在這時，他們聽見有人正在轉動圖書館那扇門的門把。

喀答！

有人正要

進來。

7 無門密室

老太太一把抓起王子的手，把他帶到圖書館的壁爐前。艾弗列還沒來得及問奶媽她要做什麼，就見奶媽伸手往壁爐上面那只金色旅行鐘的提把逆時鐘地轉了一下。

呼！

彷彿魔法似的，兩人就被轉進另一個房間裡。

呼咻！

「我怎麼不知道這裡有房間。」艾弗列小聲說道。

「噓！」奶媽要他別出聲。「他們還是有可能聽得到我們的聲音。」

他們站在一個沒有窗戶，塞滿垃圾的小房間裡，豎耳傾聽隔壁圖書館裡的聲響。這個房間裡有一個生鏽的金屬浴槽，一台壞掉的腳踏車，一根被狗咬過

的板球棒，一只破舊的野餐籃，一組發霉的槌球球具，和一台破破爛爛、輪子都歪了的古董嬰兒車。艾弗列去過皇宮裡的每個地方，就是從來沒到過這裡。這也難怪，畢竟這是一間沒有門的密室。

「這是密室嗎？」他低聲問道。

「噓！」奶媽要他別出聲。

茶几上有兩個有缺口的老舊雕花玻璃杯。奶媽拿起其中一個，另一個遞給男孩。然後她把玻璃杯的杯緣抵住牆面，杯底貼近耳朵，艾弗列也有樣學樣。他們聽到隔壁有人在圖書館裡四處走動。

那是誰？他們在找什麼？不管是誰，也不管他們在找什麼，聽起來好像是找到了。又過了一會兒，聽見圖書館關門的聲音。艾弗列他們總算安全了，至少暫時是安全的。

「我的小王子，讓我回答你的問題吧，」

奶媽開口道，「據說白金漢宮裡，有很多密室和祕道。我只知道其中幾個。」

「一定是在二次世界大戰期間建造的。」

「是啊，那時是爲了保護皇室家族，防範討厭的希特勒入侵。」

「那是喬治六世！」

「哦，我的小王子，你都有在讀你房間裡的書哦。」

「我最喜歡歷史書了。」

「我知道。」

「喬治六世有一個妻子和兩個女兒，」男孩繼續說道，「大女兒後來成了伊莉莎白二世。」

「好聰明哦！給你一百分！伊莉莎白二世眞是了不起。我們再也看不到像她這樣的統治者了。」

艾弗列王子是這個王位的第一順位繼承人，他傷感地點點頭。他比誰都清楚自己有多不夠格，要是他能像歷代那些偉大的國王和女皇就好了。可是老天跟他開了一個殘酷的玩笑，他是一個體弱多病的孩子。

突然間，艾弗列覺得自己好像有看到什麼東西在一塊防塵布底下動。

他用眼睛示意那裡。

奶媽用嘴型問：「什麼？」

不管那是什麼，它又開始**動了**。

奶媽點點頭，躡手躡腳地走向那塊布。男孩緊跟在後，緊抓著她的羊毛衫。

那塊布竟然升起來了，看上去就像鬼一樣。艾弗列很想放聲大叫，但又不敢發出聲音。

沒想到那東西竟然還**伸長**手臂。

奶媽只好閉著眼睛伸出手去，不敢睜眼看的她，單手

拉掉

那塊布

結果看見……

8 空空王子

一個小女孩。

小女孩穿著破爛的衣服，手腳和臉都因爲沾滿泥巴而烏漆墨黑，看起來很可憐。

「你從外面偷偷跑進來這裡做什麼？」奶媽質問道，「你說話啊？」

艾弗列注意到這女孩身上有味道。有味道還是好聽一點的說法，有味道在**臭味等級表**裡算是後段班了。

「這下完了！」女孩尖聲說道。

「你是誰？」艾弗列質問。

「你是誰？」她反問回來。

「我先問的。」

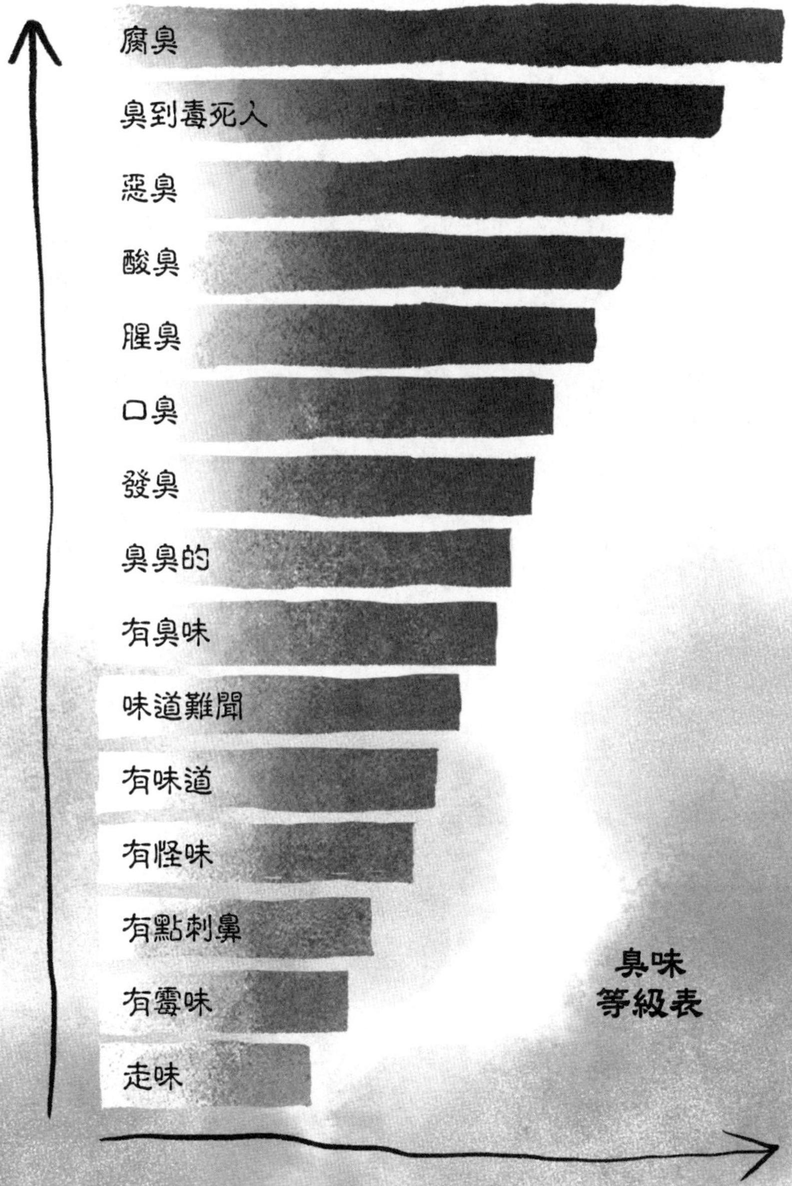
腐臭
臭到毒死人
惡臭
酸臭
腥臭
口臭
發臭
臭臭的
有臭味
味道難聞
有味道
有怪味
有點刺鼻
有霉味
走味
臭味
等級表

有教養的艾弗列礙於禮貌，不敢跟小女孩說她聞起來像食物腐壞的味道。

這時奶媽一把抓起破碎的燭台，把它當武器一樣揮舞。

「不要打我！」女孩哀求道。

「我們怎麼知道你不是革命份子？」奶媽質問道。

「我發誓我不是。」

艾弗列注意到女孩身上溼答答的。

「你全身溼透了！」他大聲說道。

「你怎麼進來的？」奶媽說道。「這地方是座堡壘，快說，快點說！」

「我游過來的。」

「胡說八道！」奶媽冷笑道。

「我沒有胡說八道，」女孩不客氣地回答。「好幾年前，這座城市底下有很多火車跑來跑去。」

「倫敦地鐵？」艾弗列回答。「我樓上房間有一本書有寫到這個東西。它已經停駛五十年了。」

「沒錯，大部份的隧道在幾年前就崩塌了，但有一條淹滿了水。」

「淹水？」男孩問道。

「是啊，這條隧道淹在水底下，可以從泰晤士那裡一路通到皇宮下面。」

「是嗎？我在這裡工作了這麼多年，都不知道有這回事。」老太太說道。

「這是祕密，」女孩斷聲道。「沒有人知道。」

「我現在知道了。」奶媽回答。

「我也知道了。」艾弗列接口道。

「笨女孩。」奶媽說道。

這女孩才不想這樣被人嘲笑。「但是你們不知道它確切的位置，對吧？」她反駁道，臉上浮起一抹得意的笑。

艾弗列傻笑。這女孩帶種哦！

「你叫什麼名字？」他問道。

「小小。」

「小什麼？」

「就是小小。」

「很小的小？還是曉得的曉？」

「我不認識字，他們叫我小小，是因爲我個子很小。」

「那就是很小的小。」他說道。

女孩聳聳肩，彷彿說「我不在乎」。

「你還是沒告訴我們，你爲什麼跑進白金漢宮裡？」奶媽厲聲問道。

小小倒呑了一口。「我餓死了。我只要一餓，肚子就很痛。我在找廚房想偷點東西吃。我聽見腳步聲，就躲進這裡了。」

「你吃晚餐了嗎？」艾弗列問道。

「晚餐？」她大聲說道，「你住在哪個星球啊？啃一小口發霉的餅乾就是我一整天下來唯一的食物了。」

「眞的假的？」王子**大吃一驚**。

「你是眞的不知道皇宮外面的生活是怎麼回事嗎？」

「呃，我……」

「在這裡，你們什麼都有，在外面，我們什麼也沒有。傳說皇宮裡有堆積如山的食物，但國王不肯分給我們吃，」小小繼續說道。「全都是我夢裡才能夢到的東西。蛋糕、甜點、和巧克力！」她說道。一想到這些食物，就令她雙眼發亮。

「不要吃粉粉蛋。」艾弗列提議道。

奶媽不悅地瞪他一眼。

「好吧，我相信我們可以分一些食物給你。」他補充道。

「我們不會！」奶媽氣呼呼地說。「我們不要鼓勵她。一開始只有她跑來，再來就會被一堆不洗澡的傢伙給淹沒！不行！她沒被侍衛發現，一槍給斃掉，已經算很走運了。」

「反正不是被槍打死就是餓死，」小小沉思道，「所以我寧願賭一把。你們根本不知道外面是什麼情況。這也是爲什麼總有一天會爆發革命！」

「這些話我眞是聽夠了。」奶媽斥喝道。

「我相信我們一定可以做點什麼來幫助外面那些人。」艾弗列說道。

「哦，是嗎？你要怎麼做呢？小帥哥？」

艾弗列結巴了。「呃，我……」

事實上，他完全沒有點子。

「你到底是誰啊？」她問道。

「你不知道我是誰？」王子氣急敗壞地說道。

「我應該知道嗎？」

「我是王子！」他神氣地宣布道，就好像除了神氣之外，也沒別的辦法來展現自己的皇族身份。

「什麼的王子？」女孩問道。

「就……」王子一時之間不知道該怎麼回答。

「空空王子！」她大聲宣布。

從奶媽臉上的表情來看，她已經聽不下去了。

「你好大膽，竟敢如此無禮！」奶媽嗆她。

「這是眞的啊！外面的人好幾年都沒見過皇室家族了。我們看到的只有護國公的臉，天知道他要做什麼！」

「我不想再聽你說下去了，」奶媽打斷道。「你告訴我那條地下河在哪裡，我就放你出去。」

女孩想了一下。「如果你給我一些巧克力，我就告訴你它在哪裡。」

「你真是不要臉！」奶媽大聲說道。

「拜託啦，奶媽，」王子哀求道。「給小小一些巧克力，也拿一些給她的家人。」

「我沒有家人。三歲的時候，我麻麻和我拔拔就被皇家侍衛開槍打死了。」

「哦，不，」艾弗列低聲道。「我很遺憾。」

「我也很遺憾啊。」

「一定是有什麼原因，」奶媽說道。「也許他們是革命份子。」

「他們是因爲了偷一條麵包，就被打死了。」

艾弗列震驚不已，原來國家已經變成這樣！

「太過份了。」他說道。

「你告訴我你怎麼進入皇宮的，」奶媽改變話題地說道。「我就送你一塊你絕對想像不到的**超大**巧克力。」

「我可以想像得出來有多大，超級巨大的那種！」

「那你告訴我你是怎麼闖進皇宮的？現在就告訴我。」

小女孩一臉懷疑地看著她。「老太太，我不相信你。我一點也不相信你。」

「奶媽照顧了我一輩子！」艾弗列跳出來爲奶媽大聲辯護。「我最相信的人就是她了。」

小小上下打量王子。「我也不相信你，空空王子！我自己去找巧克力！」

說完，她就把那塊沾滿灰塵的布往他們頭上一扔。

艾弗列和奶媽被揚起的灰塵嗆得不斷乾咳，他們氣急敗壞，可是等到他們拉掉那塊布，女孩已經不見了。

「小小？」艾弗列喊道。「小小？」

他們在這垃圾房裡繞了一圈，但小女孩完全不見蹤影。她憑空消失了。

搞不好

她

根本

是

鬼……

9 爛掉的毯子

「她眞是個討人厭的小不點兒！」奶媽下了一個結論。

「她只是肚子餓。」艾弗列理智地說道。

「我說年輕人，她根本就是賊，像她這樣的賊應該被抓去關在倫敦塔。」王子的想法不一樣。她只是一個跟他一樣的小孩，而且她很餓。讓英國人民捱餓過日子是不對的。

「好吧，我的小王子，我們得先把你送回床上。」

艾弗列不想回去。待在房間裡眞的很無聊，何況他還有偵探的工作要做。

「奶媽，我不想現在回去！」

「就是現在！只是問題是怎麼回去？」

艾弗列環顧這個垃圾房，瞄到一台腳踏車。「我可以騎腳踏車回去嗎？」

奶媽一臉不相信的樣子。「你會騎腳踏車嗎？」

「不會。」

「那我的答案就是不行，現在也不是學騎腳踏車的好時候。」

「說的也是。」

這兩人又陷入沉默。過了一會兒，老太太大聲說道：「哦，奶媽有個點子了！而且是個好點子！」

「什麼點子？」

「躲在那台舊嬰兒車裡。」

「這台嬰兒車？」現在輪到艾弗列一臉不相信的樣子。

「沒錯！」

「我才不要坐進那台嬰兒車裡。」

「你以前坐嬰兒車從沒抱怨過！」

「那時我還是小貝比！而且你打算怎麼使用這台嬰兒車？」

「我可以假裝我在用嬰兒車載送乾淨的毯子到你房間去。」

「這麼晚了還送毯子？」

「我就說你尿床了。」

艾弗列不以爲然。他已經……呃……很久很久沒尿床了。

他打量那台嬰兒車，裡面都是爛掉的舊毛毯，八成受潮了幾十年。現在上面一定有長東西，而且長在上面的東西一定也有長東西！然後長在那些東西上面的東西也長了其它東西！」

「坐進去？」他不可置信地問道。

「沒錯，坐進去。」

「你意思是真的坐進嬰兒車裡？」

「當然是坐進去啊，你這個小笨蛋！」

「可是很臭欸！」

「很臭總比死掉好吧！來吧，快爬進去！」

老實說，那味道已經到達**腥臭**的程度，這在臭味等級表裡比有臭味這個級別要高上很多。

老太太露出一個期待的笑容。艾弗列嘆了口氣，花了很大的力氣才終於爬進去。嬰兒車小到他得彎著膝蓋頂住下巴才行。更可怕的是，它比他當初想得還要**惡臭**。這味道肯定中世紀就存在了，搞不好這些毛毯最後一次洗滌的時間就是在中世紀的時候。

「我進去了。」艾弗列說道，同時摀住嘴巴，因爲他怕會吐出來。

「我最好把你蓋起來！」奶媽說道，同時把一件發霉的舊毯子拉起來蓋在他頭上。

現在他眞的覺得自己快吐出來了。

「艾弗列，記得別打噴嚏、咳嗽或有的沒的。」奶媽下令道。

「什麼是有的沒的？」

「我是說放屁。」

「哦，好。」

「不然就穿幫了。準備好了嗎？我的小王子？」

「還沒！」他回答，同時把毯子掀開。

「啊！」奶媽咯咯笑。「你就像在做你還是小貝比時會做的事。」

艾弗列一點都不覺得這有什麼好笑。

「對了，」他突然想道。「護國公把我的房門從外面鎖起來。我們到時會進不去啦。」

「別擔心，奶媽向來都有一把備份鑰匙！」她說道，同時從羊毛衫的口袋裡掏出鑰匙。

「奶媽眞聰明！」

「好了，小貝比，快躺回去睡覺！」她哼了一聲，嘴裡的假牙又喀答喀答響了。

艾弗列心不甘情不願地把那條噁心的毯子拉起來蓋在頭上。

他一蓋好，老太太就把嬰兒車推到垃圾房的正確位置上，然後逆時鐘方向地轉動行李鐘提把，兩人又回到了圖書館。

10 麻煩精

艾弗列從嬰兒車裡抬起頭來問道，「那個人那麼晚跑到圖書館裡是在找什麼書啊？」

「我怎麼知道。」奶媽回答。

「奶媽，你不是也到圖書館找一本書嗎？」

「有嗎？」

「有啊，你找的書是什麼？」

「噓！」奶媽要他別出聲。「別人會聽到我們的聲音。」

她就這樣把嬰兒車推出圖書館，沿著皇宮又長又彎的廊道前進，但是歪掉的輪子很難推……

吱！嘎！吱！

……而且奶媽老是把嬰兒車推到撞牆壁。

磅！

「噢！」男孩出聲抱怨。

「噓！」奶媽又噓了他一次。但這次噓得更大聲，簡直大到根本不像是在噓他別出聲。

吱！嘎！吱！

然後她又把嬰兒車撞到牆上。

磅！

吱！嘎！吱！

然後又撞一次。

磅！

艾弗列表情痛苦。再這樣下去，能活著回到他房間就屬萬幸了。

這時他聽到有東西滾過來的聲音。

哦，不！他心想，別又是八爪章魚管家！

他們現在最不需要的就是它。

「早安，大主教！」機器人大聲說道。

「你小聲點好嗎？你這個該死的傢伙。」奶媽斷聲道。

「我已經烘好你的襪子，暖呼呼的，很好穿哦！」

男孩覺得好像有聞到燒焦的味道。

「別擋路，你這個麻煩精！」老太太說道。

撞！

接著艾弗列感覺到嬰兒車的輪子好像**顛簸地**碾過什麼東西。

框啷！

是金屬材質的東西。

他目光越過奶媽，看見那個老是意外不斷的機器人又掉了一隻手臂。那隻拿著小湯匙專門攪拌熱茶的手臂如今正躺在地板上扭來扭去。

我扭～

我扭～

我扭扭扭～

如今只剩下五隻手臂的八爪章魚管家這下可以改叫五五六六管家了，不過這名字有點蠢。

「我會把你的水煮蛋火速寄給你！」它在他們身後喊道。

「噓！」奶媽噓了一聲，然後把王子的頭塞回嬰兒車。

「下去點！」

艾弗列被奶媽推著在皇宮裡轉，一路上他都豎耳傾聽，試著從四周的聲音分辨目前的所在位置。突然間，他感覺到嬰兒車正在被拉上那道從皇宮一樓一路通到頂樓的大階梯。

框嘟！

框隆！

框嘟！

框隆！

「奶媽！這有好幾百階欸！」他抗議道。

「噓！」她噓聲道。「會被別人聽到的！」

「我們絕對爬不上去的！」

「我叫你不要出聲！

框啷！

框隆！

框啷！

「奶媽！我怕你會害我掉下去！」

「如果你不閉嘴，我就讓你掉下去！」

框隆！

框啷！

框隆！

框啷！

框啷！

框隆！

框啷！

框隆！

他們已經爬了一半。
突然間，艾弗列聽到一個聲音。
「奶媽？」那聲音說道。
好死不死，
正是
護國公
的
聲音。

11 這麼晚了

「奶媽，這麼晚了，你跑到房間外面做什麼？」護國公聲音低沉地問道。

「大人，我只是去拿些乾淨的毯子。」老太太說道。

嬰兒車裡的艾弗列動也不敢動，他從奶媽的聲音裡聽得出來，她很緊張。她的假牙比平常還要更喀答響。

「你剛在跟誰說話？」護國公質問道。

「我在自言自語！」她故作愉快地說道。「我一直都有點瘋瘋癲癲的。現在我得去……」

框隆！

框啷！

框隆！

「等一下！」那男的喊道。「嬰兒車裡裝了什麼？」

艾弗列不敢呼吸。

「乾淨的毯子。」她回答道。

護國公追上她，低下身子聞了聞。

哈啾！哈啾！

「聞起來並不太乾淨。」他結論道。

「是嗎？」奶媽猶豫了一下，藉此拖延時間絞盡腦汁想說法。「它們比我要換的那些毯子乾淨多了。」

「我覺得你的說法太牽強。」

「唉，好吧，好吧，護國公大人，是王子啦。」

「王子怎麼了？」

「他……呃，我該怎麼說呢？他尿床了。」

嬰兒車裡的王子一肚子火。

「他這麼大還尿床？」護國公問道。

「今天晚上對來他來說太煎熬了，因爲關於皇后的可怕事情。」

「說的也是，」護國公若有所思地說道。「有個叛國賊媽媽，其實眞不走運。」

艾弗列眞想跳出嬰兒車，朝那個男的臉上給一拳。但是他忍住了，其實是他被卡住了。

「我已經採取預防措施，整座皇宮今晚都要進行管制，」護國公繼續說道。「誰都不准下床。誰都一樣，就連國王也不例外。所以你一換好毯子，就立刻回你的房間，聽懂了嗎？」

「是的，大人。」

「很好。爲了他的安全著想，我把他的房門鎖起來了。這是鑰匙，等你把

他的房門再鎖好之後，就把鑰匙拿來還給我。」
「是的，大人。」
「老太婆，快去吧。」他下令道。
「遵命，大人。」
艾弗列聽見護國公步下階梯的腳步聲越來越遠。
「差一點就穿幫了。」男孩在嬰兒車裡面嘶聲說道。
「對啊，」奶媽小聲說道。「你要放屁就放吧，我想我太緊張了，可能要放一個像雷聲一樣大的屁！」
「奶媽，你不用形容得那麼仔細。」
「像颶風一樣！」
「你又來了，奶媽，你形容得太仔細了。」
「像龍捲風！」
「我已經懂了，奶媽！」
「屁屁暴風雪！」
「懂了，懂了，快走吧！」

「對，快走！」

奶媽繼續把嬰兒車拉上階梯。

框啷！

框隆！

框啷！

框隆！

框啷！

框隆！

他聽到老太太沉重的呼吸聲。

「你還好嗎？奶媽？」艾弗列問道，同時從毯子底下探出頭來。

「沒事，只是需要休息一下。」

男孩看見她皺起鼻子。

「你還好吧？」

「毯子太臭了。我想我要……哈啾！……打噴嚏了！」

她直覺將雙手摀鼻，放掉了嬰兒車……！

「奶媽！」男孩大喊，嬰兒車瞬間往階梯一路彈跳而下。

咚！磅！

咚！磅！

咚！磅！

咚！磅！

咚！磅！

12 失控的嬰兒車

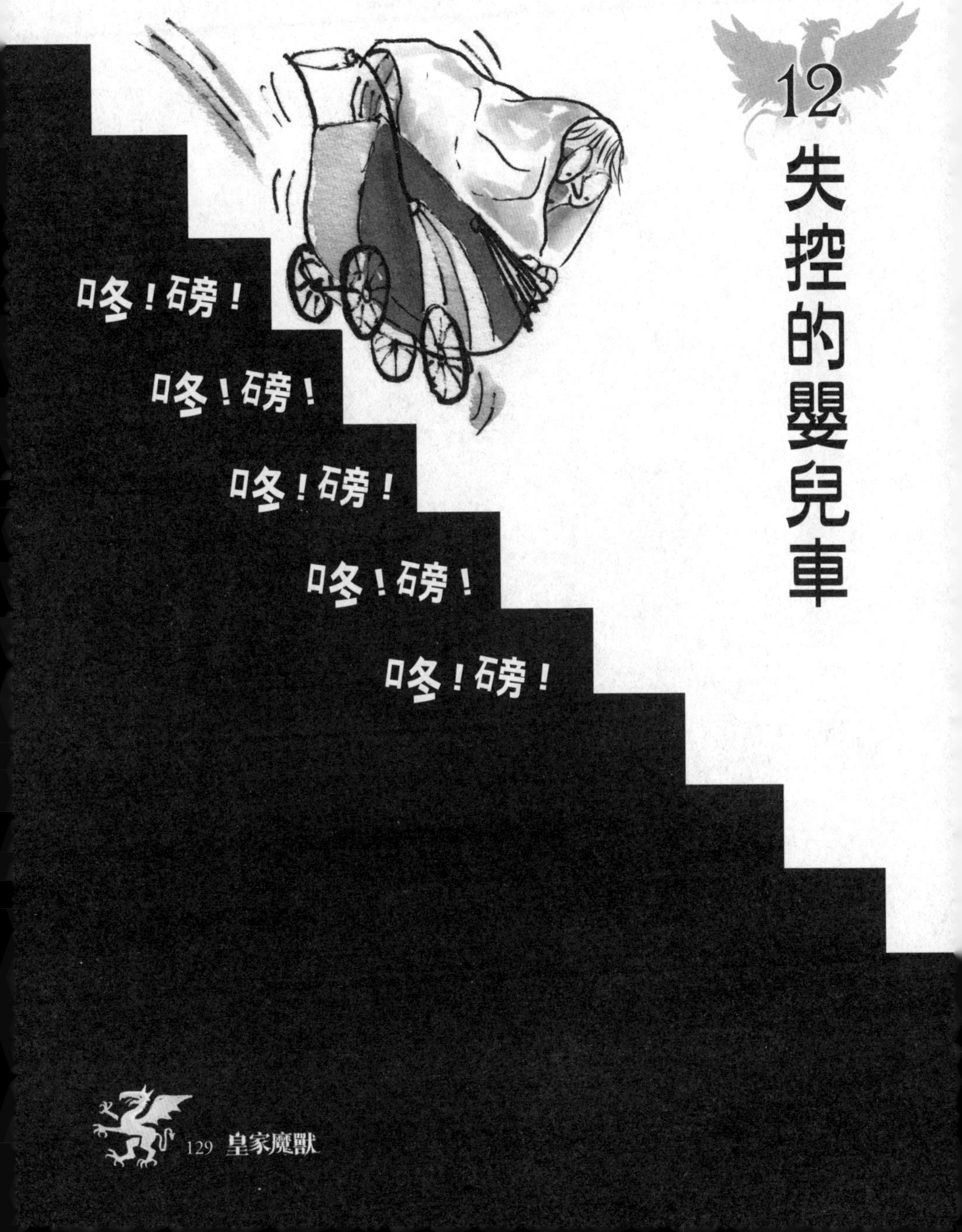

失控的嬰兒車速度越來越快。

咚！磅！

「完了——！」奶媽在樓梯上面大喊。

「別玩了——！」艾弗列也在嬰兒車裡大叫，因爲他也不知道還能怎麼辦。

奶媽奔下階梯，追在他後面，但是嬰兒車的速度實在太快。

咚！磅！
咚！磅！
咚！磅！
咚！磅！
咚！磅！

艾弗列從毯子底下探頭張望。

有兩名皇家侍衛正在階梯下方巡邏。就算他掉下去大難不死，也會被他們的雷射槍炸成碎片。

「救命啊！」奶媽大叫。

咚！磅！

咚！磅！

咚！磅！

咚！磅！

咚！磅！

嬰兒車朝侍衛直衝而去。

完了～，艾弗列心想。他閉上眼睛，做好最壞的打算。

咚！磅！

咚！磅！

咚！磅！

咚！磅！

咚！磅！

這時嬰兒車突然停住！它停下來了，是侍衛把它接住的。

「哦，謝謝你們！」奶媽呢喃說道。「太謝謝你們了！」

艾弗列睜開眼睛，他還活著。

「你們可不可以幫我把它扛上來？」

王子覺得老太太未免對他們太得寸進尺了點，但出乎他意料之外的是，嬰兒車竟然離了地，眞的被他們扛上階梯。

「哦，你們力氣眞大！」奶媽稱讚他們。

他們終於抵達階梯頂端。

「你們眞是太好心了，謝謝你們。」奶媽說道。兩名皇家侍衛隨即轉身步下階梯。

「你差點害死我！」艾弗列斷聲說道。

「噓！」奶媽推著嬰兒車沿著廊道往王子的房間走。她用護國公給她的鑰匙打開房門，再將嬰兒車推進去。艾弗列一聽到房門在身後關上的聲音，立刻掀開臭哄烘的毯子，從嬰兒車裡爬出來。

「好了，年輕人！你可以出來了！」奶媽說道。「哦，你已經出來了！真是調皮！現在快回床上去！」

「我能活著，真是走運！」

「是啊，剛剛真是對不起。只是突然想……

「哈啾！……打噴嚏！」

王子伸手一把抹掉奶媽噴在他臉上黏呼呼的鼻涕。

「不過還是謝謝你在護國公面前掩護我，我知道那可能會害你惹上很大的麻煩。」

「我願意爲我的小王子做任何事情。」她邊說邊用手搓揉他的面頰。

捏呀捏！揉呀揉！搓呀搓！

「現在請把鑰匙給我。」男孩要求道。

「你在說什麼啊？」奶媽慌張說道。

「護國公給你的鑰匙啊，這樣我晚一點就可以溜出去做點偵探的工作。」

「王子殿下，你不准這麼做！」

「我命令你交給我！」

奶媽不吃這一套。「我命令你現在就給我上床去！立刻！馬上！」

艾弗列心不甘情不願地爬上那張四根立柱的大床。他吸吸鼻子。

吸！吸！

「唷！」他大叫。先前藏在臭毯子底下的他，現在聞起來的味道不太好。

「我好臭！」

「那就別再吸鼻子了！」奶媽命令道。「快上床！」

她用指尖溫柔地搓搓他的頭髮。

「晚安，小東西，我愛你！」

「我也愛你，奶媽。」

「好好睡個覺！」

艾弗列閉上眼睛，聽見她躡手躡腳地走出房間，鎖上身後的門。

喀答！

睡覺？艾弗列現在最不想做的事情就是睡覺。他的腦袋有無以數計的想法在流竄。可是他累壞了，這個體弱多病的小孩從來沒有離開他的房間這麼久過。剛剛那幾個小時所發生的事已經害他筋疲力竭。

艾弗列很快就睡著，

陷入了一個充滿惡夢的世界裡。

13 會說話的馬桶

叩！叩！叩！

早上了，艾弗列被敲門聲驚醒。但那不是某個人在敲門……而是某個人想撞門進來。

或者應該說不是某個人，而是某個東西。

完了！是八爪章魚管家！這個機器人負責每天早上叫醒王子。但它現在在做的事卻是不停地撞那扇門。

叩！叩！叩！

「等一下，八爪章魚管家，等一下！」那是奶媽的聲音。「等一下！我還沒把門鎖打開！八爪管家章魚眞是調皮！」

叩！叩！叩！

喀答！

老太太一邊打開房門，一邊小心穩住她單手撐住的早餐拖盤。但門才一開，八爪章魚管家就急著滾進來，砰地一頭先撞上門框。

咚！

接著撞上書架。

磅！

架上的書全掉到地上。

框！咚！磅！

最後滾向那張四根立柱的大床，直接撞上其中一根立柱，力道大到……

框隆！

差點害那張床只剩三根立柱。

結果機器人的另一隻手臂，也就是拿抹布的那隻，整個掉了下來。

鏘！

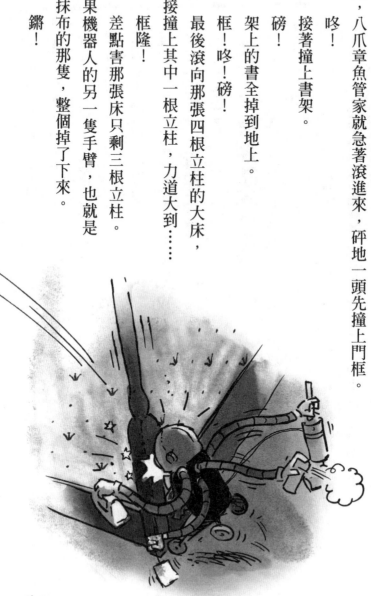

八爪章魚管家的八條手臂現在只剩四隻，活像四腳朝天的管家。

「晚安，皇后，」它用那怪腔怪調的機器人聲音說道。

艾弗列翻了個白眼。別又來了！

「現在行軍旗敬禮分列式……**發生故障！**發表全國演說……**發生故障！**打開圖書館……**發生故障！**」

「殿下，我控制不了它！」奶媽的喊叫聲蓋過機器人的聲響。老太太緊張到假牙喀答響得更厲害了。

「好了好了，八爪章魚管家！」艾弗列大吼。「非常好，謝謝你，我醒了。」

「醒來！」機器人說道，同時用那隻拿著蒼蠅拍的手臂不停拍著男孩的前額。

啪！

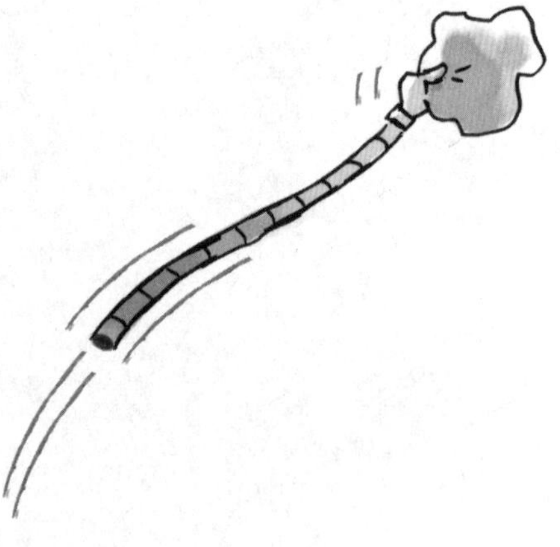

「噢！」

「發生故障！」

啪！

「噢——！」

「發生故障！」

啪！

「噢——！」

「發生故障！」

「很痛欸！你這個垃圾機器！」艾弗列吼道。

結果它又拍了男孩一次……

啪——！

這次用力到連蒼蠅拍手臂都掉了下來。

砰的一聲掉在地上。

只剩三隻手臂的八爪章魚

管家根本不知道自己掉了一隻手臂，可以改叫丟三忘四管家了。

「如果沒事了，我要去幫窗簾澆水……**發生故障！**……用熨斗燙玫瑰……**發生故障！**……攪拌馬桶……**發生故障！發生故障！發生故障！**」

八爪章魚管家一邊說一邊在王子的房間裡轉圈子，剩下的那三條手臂撞翻了桌子……

蹦！

打破古董花瓶……

框鏘！

還把一座雕像摔到地上……

撞撞撞！

「快讓它停下來！」艾弗列喊道。

奶媽廢話不多說，立刻先把托盤中的食物丟到床上，然後拿那只銀色古董托盤去砸機器管家。

鏘！框！

鏘！

然後又砸一次。

鏘！框！

鏘！

再砸一次。

鏘！框！

鏘！

「走開！你這隻會說話的馬桶！」她咆哮道。

「恭喜你加冕！」機器人在老太太把他掃出房間的時候，留下最後一句話，然後門就被關上了。

磅！

「還好趕走了！」艾弗列說道。

「我眞希望那玩意兒可以有個關機按鈕！」

「有我母親的消息嗎？」他急切地問道。

「沒有。」奶媽說道，同時垂頭致歉。

「我的小王子，很抱歉，一點消息也沒有。我只知道皇后被關在倫敦塔裡。」

艾弗列突然從床上坐起。

「那我得去救她。」

14 粉粉蛋

奶媽嘲笑男孩的想法。「這恐怕不太可能。」

「為什麼？沒有什麼事情是不可能的！」

「這件就是。在英國，除了白金漢宮之外，戒備最森嚴的地方就是倫敦塔了。也必須是如此，因為這個國家最可怕的罪犯都被送到那裡。革命份子就是其中之一，他們是很可怕的一群罪犯，也是最危險的一群，會想致你於死地的那種。」

王子臉上閃過一抹驚慌。

「我希望他們別傷害我馬麻！」他抓著奶媽的手臂。「哦，奶媽，你一定要幫我。拜託你！我求求你。要是我們不做點什麼，我母親在倫敦塔裡的下場一定會很慘。我們要快點行動！」

「好啦，好啦，」奶媽說道，同時把王子拉進她懷裡。「你母親一定很討厭看到你現在這樣。」

艾弗列點點頭。

「她一定不希望你這麼難過，對吧？」

男孩搖搖頭。

「所以先把你的早餐吃完。」

不用說男孩也知道，王子看向缺了口的盤子裡頭，那橘黃相間的東西，果然不出所料，當然是……

「**粉粉蛋！**」奶媽大聲說道。

「我看得出來。」艾弗列回答，盡量不表現出失望的語氣。

「我的獨家配方！」老太太自誇道。「快吃吧！」

艾弗列不想吃奶媽的粉粉蛋，至少今天早上不想。

「我等下吃，謝謝你。」

「不行，不行，」她央求道。「現在就吃掉它，全部吃光。我的小王子，你的身體不好，你需要補充體力。」

奶媽坐在床尾，微微一笑，然後點個頭，似乎在說快吃啊。

艾弗列瞪著那盤香炒粉粉蛋。它看起來就像塑膠，據他的經驗，吃起來的味道也像塑膠。他吃了一口。

臭！

又是那千篇一律苦澀餘味。艾弗列皺起臉，他沒有吞下去，反而扯謊說：

「真美味，謝謝你，太美味了！」

「乖孩子，趁我整理你房間的時候，快把它吃完。」

老太太跳下床，朝窗戶走去。她用手摸了摸窗框上的蛀蟲洞，艾弗列見機趕緊把那口粉粉蛋吐回盤裡。

呸！

再把蛋全舀起來，丟在他床頭櫃的抽屜裡。

咻！

「我們得把這些洞補一補，」奶媽說道，「不然冷風灌進來，你一定會重感冒的。」

「不用，不用，奶媽，真的不用。」艾弗列回答。他沒有房門鑰匙，所以那是他逃出房間的唯一出口。

「不行，不行，一定要修好，」她邊說邊轉過身來，立刻注意到男孩的盤子已經空了。「你把粉粉蛋吃完了！」

「是啊，很謝謝你，好好吃哦。」

但她馬上起疑。「也吃太快了吧。」

「我剛很餓。」

「想再多吃一點嗎？」

「不了，」男孩回答。「份量剛剛好。」

「那就好，」奶媽說道。「我要你今天躺在床上睡一整天。」

「那皇后怎麼辦？哦，奶媽，求求你，我們一定得做點什麼！」

「我會留意的，一有消息，就告訴你。」她說道，同時坐在他床邊，搓搓他的頭。「我向你保證我一定會幫你留意。現在快睡吧。」

說完她就離開王子的房間，鎖上房門。

喀答！

艾弗列覺得自己像被關進了監牢，就跟他母親一樣。

15 廢墟

雖然艾弗列沒有吃粉粉蛋，但他覺得現在的精神比任何時候都好。奶媽一鎖上門，他就跳下床，馬上展開偵探的工作。他在地上堆起一疊古歷史書，他在尋找線索，想知道舞會廳地板上的那些粉筆標線究竟是怎麼回事。

漢字和它們的意思
宇宙的地圖
活人獻祭史
希臘眾神
洞穴壁畫
中世紀英國的邪靈崇拜
如何清除高級地板上的污漬
新手入門：古怪的粉筆標線

但是不管他在這些書和其他書裡搜找得多仔細，就是無法破解他在舞會廳地板上看到的那些標線。男孩需要把那些標線再看得更清楚一點，這一次一定要把它們的樣子畫下來參考。艾弗列打開他古董書桌那只放文具的抽屜，從裡頭掏了一本便箋簿和一支鉛筆，塞進睡衣口袋裡。

好巧不巧，警報器的聲音這時突然響徹白金漢宮，表示今夜的宵禁已經迫不急待地開始了。

嗡咿嗡咿！

這時候宮裡的每個人都得乖乖待在自己的房間裡，以防有來自宮外的攻擊。

艾弗列吹熄蠟燭，然後手腳並用地爬到窗戶那裡。探照燈正在掃視皇宮牆面、搜索入侵者，剛剛才從他窗前掃了過去。它現在的掃視頻率變得比平常還要頻繁，活像皇家侍衛已經好整以暇地準備要逮到他。艾弗列不敢冒險一試。但問題是現在只剩

另一個出口，就是那扇房門，可是它已經從外面被鎖上。

如果他想繼續當偵探，腦筋就得動快點。

這時他聽見壁爐傳來呼嘯的風聲……

呼咻！

艾弗列恍然大悟這可能是他逃出房間的另一個通道。

於是他把壁爐的爐柵拉開，再將瘦小的身體塞進煙道。裡面黑漆漆的，布滿煤灰，但由於煙道是磚塊砌的，因此他可以把它當梯階一樣慢慢爬上去。他的房間位在頂樓，所以爬到白金漢宮的屋頂的距離很近。他爬上屋頂的時候，意外驚動了幾隻在那裡築巢的鴿子。

咕咕！咕咕！咕咕！

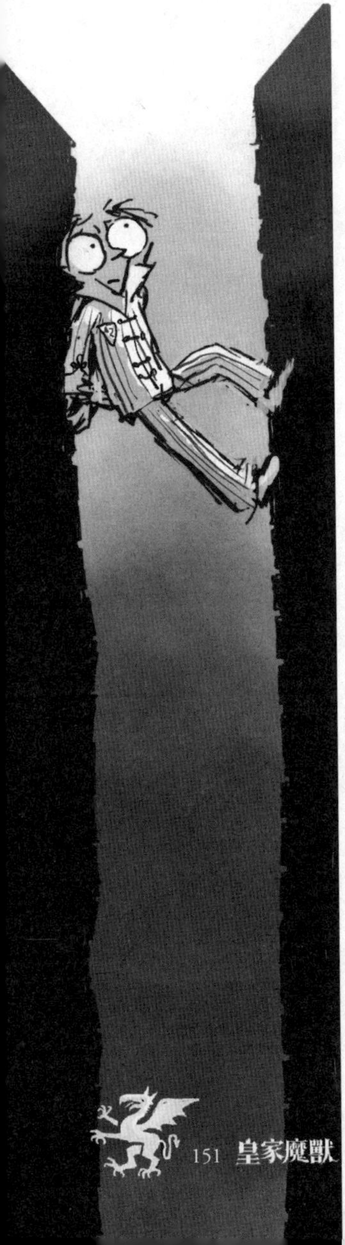

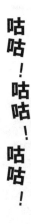

有皇家侍衛站在屋頂上監視倫敦的動靜，鴿子的叫聲引起了他們的注意。

其中一名看起來挺嚇人的侍衛離開崗哨，前來查看，艾弗列趕緊躲進煙囪裡。剛好最後一隻鴿子這時從煙囪頂端飛了出來……

咕咕！咕咕！

咕咕！

侍衛於是又回到自己的崗哨。

男孩悄悄地從煙囪裡慢慢爬出來，這是他有生以來第一次站在白金漢宮的屋頂上。烏雲湧現在他頭頂上方，他放眼遠眺整座倫敦。現在他可以三百六十度俯瞰這座城市。這是一座他只從書裡看過的城市，曾經擁有這世上最著名的天際線視野。

如今都成了廢墟。

艾弗列想起小小跟他說過，城裡的窮人都是在黑暗中摸索，沒有食物可吃，也沒有乾淨的水源，只能日復一日掙扎求生。他們也是人，卻被迫活得像動物一樣。只因爲他出生就是王子，所以能住在皇宮裡，而他們卻得住在那種地方。難怪一直有人想要革命。艾弗列開始認爲革命份子也許不是什麼壞人，他決定要做點什麼來幫助英國人民。這個國家不應該這個樣子。

這時艾弗列聽到有某種東西在風中擺盪。

啪！

噗！

啪啦！

他抬頭一看，發現旗桿頂上有一面鷹獅獸旗。他眞想把那面旗子扯下來，換上英國的米字旗。

總有一天，他心想道，總有一天他要換掉它。米字旗幾百年來都是這個國家的象徵，如今卻跟革命份子綁在一起，被護國公宣判是一面違法的旗幟。

白金漢宮上方厚重的雲層在夜空裡緩緩分開，一艘巨型飛船大搖大擺地進入眼簾，船身側邊也有鷹獅獸圖案。護國公都是利用這艘飛船來管控皇宮外面的人。就在這時，皇宮屋頂上的投影儀突然活了過來，朝飛船頂部灌滿氣體的囊袋射出一道光。就像電影銀幕的投影一樣，先是出現一頭金色的鷹獅獸，然後慢慢消失，取而代之的是護國公的臉。

「英國的子民們，」他開口道，「我是你們的護國公，這裡有重大事情要宣布。」

艾弗列躲在煙囪後面偷看。

「革命份子昨晚再度發動攻擊。神聖的敬拜之所——聖保羅大教堂——毀於一夕。這是帶給王國死亡和毀滅的祕密組織所製造的新悲劇，很不幸，我們因此從現在起要施行極端的措施。跟國王商討之後，我們決定訂定新的律法來對付叛國賊。從今以後，過了晚上八點，只要有人在街上被發現，就被視為革命份子，只要被國王的皇家侍衛軍看到，一律格殺勿論。」

艾弗列渾身發抖。這比他想像得還要危險，他的目光越過倫敦的大小屋頂，望向大笨鐘。鐘塔上的鐘就要敲響八下了。

「祝你們晚安。」護國公結語道，那張臉隨即沒入黑暗，飛船也跟著消失，遁入烏雲裡。

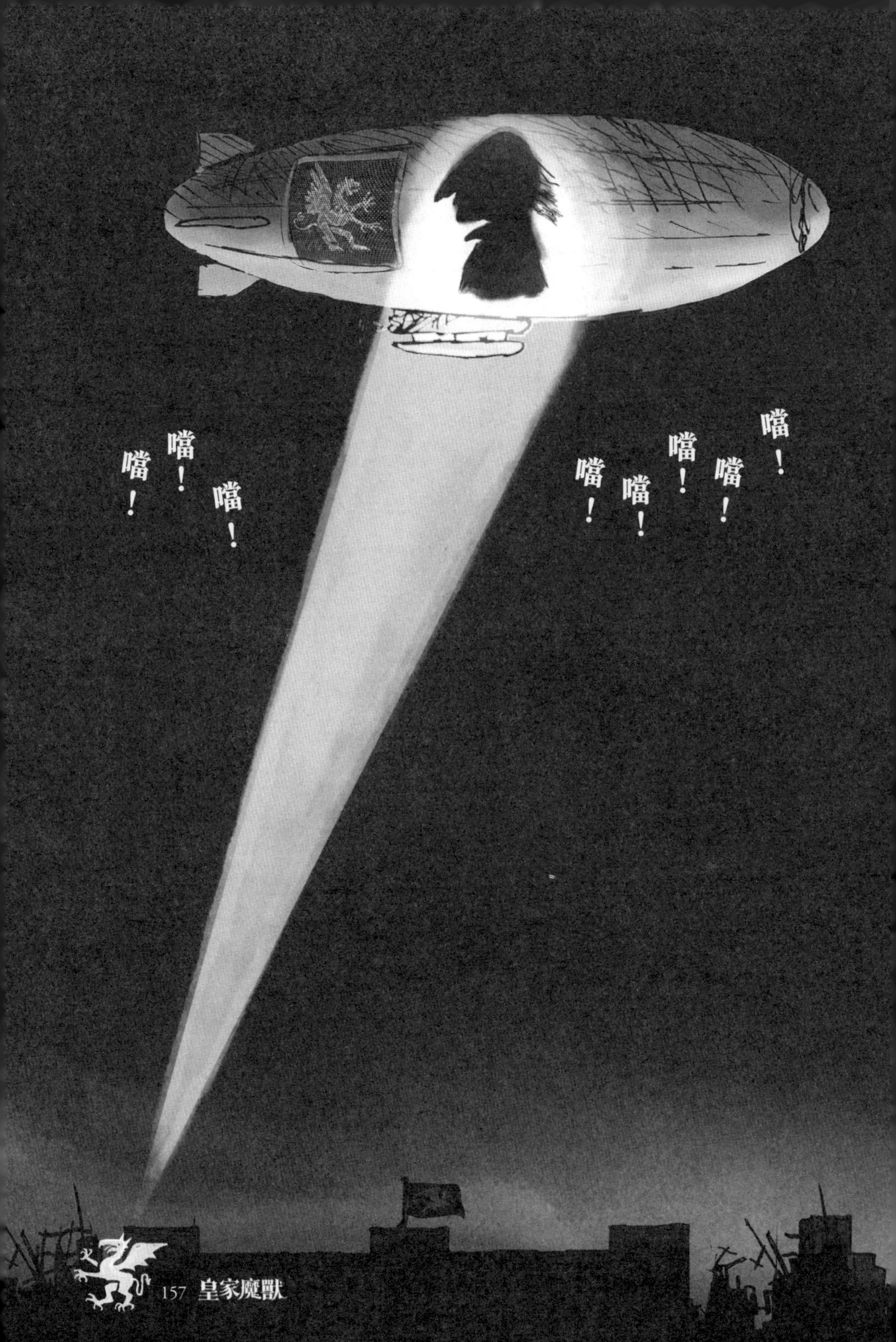
噹！
噹！
噹！
噹！
噹！
噹！
噹！
噹！

八點了，艾弗列吞了吞口水。咕嚕！

搞不好皇家侍衛一看到他也是格殺勿論？

艾弗列疾步穿過屋頂。他找到一個小小的逃生出口，於是小心打開活板門，鑽了進去，兩條手臂懸吊在半空中，過了一會兒，才跳下來，跌在下面的地毯上。

蹦！

他又回到皇宮裡面了，而今晚的冒險可以從哪裡開始呢……

16 從鑰匙孔裡窺看

就算是平常白日裡，白金漢宮也總是給人一種怪異的感覺，更何況是夜裡。

艾弗列一路步下又長又彎的階梯，他放輕腳步，深怕發出聲響。他拍拍睡衣上面的口袋，用來記錄的便箋簿和筆仍在裡面。但就在艾弗列越來越走近舞會廳時，竟注意到裡面傳來刺耳的聲響。他一抵達那扇巨大的木門前面，先蹲低身子，從鑰匙孔裡窺看。

整座廳室都被燭火點亮。蠟燭全都被放在地板上，形成某種陣式，可能是星象的陣式吧。很難確定究竟是什麼形狀。

幾名皇家侍衛立正站好，護國公手裡拿著一本紅色的皮面精裝舊書當參考，在地板上用粉筆標線。

所以這些奇怪的標線是護國公畫的！但是他在畫什麼或寫什麼呢？那本書是神祕的阿爾比恩之書嗎？

等到護國公畫好之後，木地板上就布滿了好多粉筆線。

接著他向站在舞會廳角落的幾名皇家侍衛比個手勢，他們就立刻從身後抬起一尊很高的石雕像，小心翼翼地放在護國公指定的位置上。

艾弗列立刻認出那尊雕像。

那是一尊猛獸的雕像。

但不是普通的猛獸。

是**鷹獅獸**。

半獅半鷹的鷹獅獸是神力的象徵。

無從想像的神力。

凌駕生死的神力。

創造或毀滅宇宙的神力。

艾弗列認得出那尊鷹獅獸石雕像，因爲以前它曾被放在白金漢宮的正牆上。可是就像其它許多珍貴的手工藝品一樣，被先一步地移到宮裡妥善保存。

接下來，幾個皇家侍衛像棋盤裡的棋子一樣在舞會廳四周站好自己的位置，然後就在護國公的一聲令下開始合唱起來。艾弗列豎耳傾聽，但這其實不是在合唱，比較像

是誦經。他們發出的聲音令人不安，彷彿在召喚某種亡靈。

護國公開始大聲朗讀書裡的內容，而且是用某種古語。

他的朗誦聲以及皇家侍衛的誦經聲越來越大，最後舞廳盡頭的那扇大門裡面出現一個身影。

那是一個人，沐浴在身後上千根蠟燭的燭光中。他赤腳穿著睡衣。

艾弗列一看到那長長的白鬍子，就認出對方了。

那是他父親……是國王。

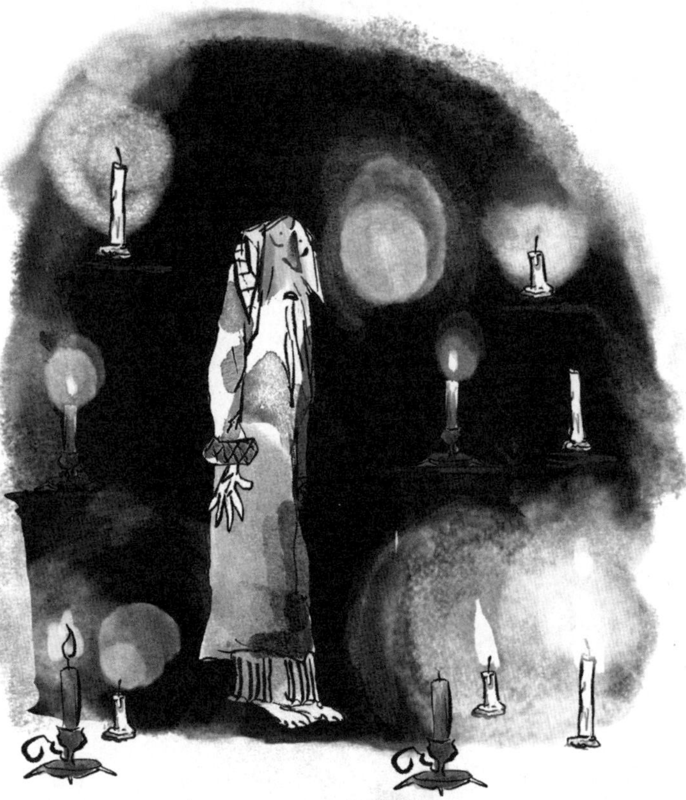

17 火餤之獸

國王直接走向護國公，看起來像在夢遊，最後停在舞會廳的正中央。

艾弗列一陣心痛。看見自己的父親一臉迷惘的樣子，著實令他害怕。

誦經聲越來越響亮，這時國王伸出一隻手。

其中一名皇家侍衛遞給護國公一把裝飾華麗的中世紀古劍。它的把手飾滿美麗的珠寶，像七色彩虹一樣閃閃發亮。護國公手持武器，緩緩地劃向國王的手。

劃一刀！

門後面的艾弗列偷看到鮮血從他父親手上滴落，嚇得他表情扭曲。

接著護國公硬把國王的手拉到鷹獅獸的上方。

滴！

滴！

答！

鮮血滴在雕像的頭上。

然後就像施了魔法似的，所有蠟燭瞬間熄滅，廳堂陷入**黑暗**。

這時好像有什麼東西正在黑暗中成形。一開始只是一團火燄，接著越燒越旺，火舌越來越高。那熱度和亮度竟比一般熊熊大火還要熾熱和明亮。

原來那團火燄是金色的。

黃金火燄。

在鑰匙孔後的艾弗列怕眼睛瞎掉，趕緊閉上。雖然無法直視，但他還是偷偷看了一下。他先揉揉眼睛，才又貼近鑰匙孔。火燄正在成形，慢慢變成了一頭猛獸。

一頭有翅膀的猛獸。

一頭火燄形成的猛獸。

全宇宙最具神力的猛獸。

鷹獅獸。

而且是活生生的。

第二部

凌駕生死的神力

18 地獄的入口

艾弗列不敢相信自己的眼睛。護國公竟然施法讓神話裡的猛獸活了過來。

那本書。

地板上的古老標線

誦經。

中世紀的劍。

國王的鮮血。

這些都在黑暗魔法裡扮演了重要的角色。

難怪國王成了一具行屍走肉，看來他只是護國公法術裡的一顆棋子。

艾弗列從鑰匙孔的另一頭看著眼前發生的奇觀。

鷹獅獸鼓動著有力的翅膀，金色的火舌舔食著皇宮舞會廳的牆面，看上去就像通往地獄的入口。

死亡。

毀滅。

這是邪惡的極至。

萬物將被迫跪在牠面前，否則就會在這頭猛獸的利爪下求生不能，求死不得。

鷹獅獸發出震耳欲聾的吼聲。

「哇哇哇哇啊啊啊啊！」

防彈玻璃窗瞬間裂開。

框啷！

天花板上的灰泥掉了下來。

轟！那聲響大到連國王都痛苦地摀住耳朵，他整個人突然回魂。

「不！」他放聲大喊，同時撲上護國公，奮力地想奪回對方手裡的古劍。「我不能這麼做！還我自由！」

皇家侍衛朝他撲過去，但他已經先一步搶下那把劍，衝向那頭猛獸。

「啊！！！！！」他放聲尖叫，那把劍同時劃穿鷹獅獸的火燄心臟。

呼咻！

眨眼間，巨大的猛獸消失了。

煙消雲散。

不見蹤影。

就好像剛剛只是一場幻覺。

國王扔下手裡的劍……

鏘啷！

憤怒的護國公臉色一沉，立刻揮手示意其中一名侍衛，侍衛用那隻戴著手套的手朝國王的臉狠狠一摑。

蹦！

這一掌打得國王當場昏過去，砰的一聲倒在地上。

大木門後面的艾弗列巴不得能大聲叫醒他父親，但他嚇得不敢動。畢竟他剛剛才目睹到一頭怪物。

就在男孩準備躡手躡腳地溜回自己的房間時，竟感覺到有誰或有什麼東西正在後面陰森逼近。
他緩緩轉身過去。
千里眼正瞪著他看。
名副其實地大眼瞪小眼。
他的行蹤敗露了。

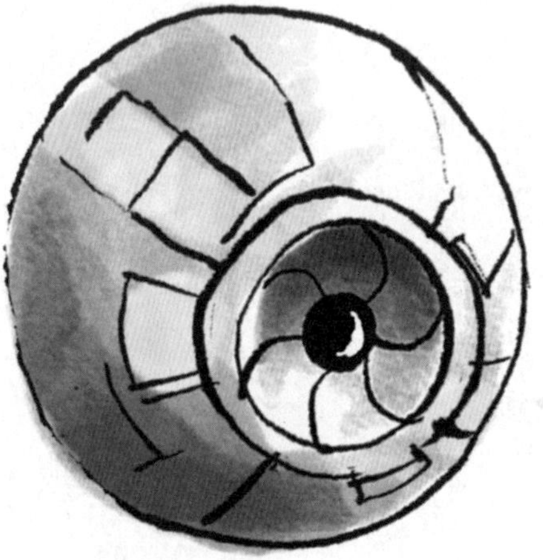

19 無聲吶喊

艾弗列在夜深人靜的時候被發現擅離自己的房間，看到了不該看到的東西。天知道護國公會怎麼處置他……是送他去倫敦塔或是更可怕的處罰？

艾弗列必須逃走。

而且要快。

「掰了！」男孩咕噥一聲，便用那兩隻瘦弱的腿能跑的最快速度，沿著走廊疾奔逃開。

千里眼加速追在後面。

艾弗列才拐了一個彎，竟就被沿著地板滾來的八爪章魚管家給絆倒。

框啷！

「唉唷！」

僅剩三條手臂的機器人正用其中一隻手臂捧著一只銀色托盤，上面放著一雙發臭老舊的靴子。

「你想吃煎餅嗎？」儘管機器人已經四腳朝天，像隻仰躺在地的金龜蟲那樣不斷擺動著自己的手臂，但仍語氣輕快地問道。

艾弗列費力地將機器人翻過來，把托盤還給它。「你走這邊！」他說道，同時把它朝他來的方向猛力一推。

千里眼正呼呼作響地轉過牆角，這時最奇特的事情發生了。艾弗列以前從沒見過。這具飛行機器人的瞳孔竟然打開，射出一道雷射光。

滋！

嗡！

正好擊中倒楣的八爪章魚管家的其中一條手臂。

框啷！

那條拿著熨斗的那條手臂鬆脫開來，掉在地上。現在八爪章魚管家只剩兩隻手臂了，可以改叫兩光管家了。

「反正我也不是很在乎燙衣服這件事。」機器人管家結論道。

嗡滋！嗡！

千里眼又射出另一道雷射光。這一次竟擦過艾弗列的頭頂，燒焦了他幾根頭髮。

嘶滋！

這是在警告他嗎？還是存心致他於死地？不管是哪一個，距離都近到令人不安。

艾弗列拾起八爪章魚管家剛剛捧在手上的古董銀色托盤擋住臉，把它當成盾牌。

滋！**滋**！令艾弗列意外的是，這銀色托盤竟然可以反射雷射光，朝千里眼射了回去。

嗡！飛行機器人被自己的雷射光炸到，在走廊上往後彈飛。

呼！**砰**！男孩忍不住笑了，因爲千里眼撞上牆了。

艾弗列逮住機會趕緊溜走。手裡仍抓著托盤的他，快步沿著走廊奔逃。走廊盡頭是一條螺旋狀的長階梯，通往僕人的房間。他索性跳上托盤，把它當成滑板一路飛快滑下石階。

框啷！
喀啷！
框啷！
太好玩了！
艾弗列回頭張望。
完了！
千里眼正緊追在後。
嗡滋！
又射出一道雷射光。
框啷！鏘啷！框啷！
嗡滋！
又射了。
框啷！鏘啷！框啷！

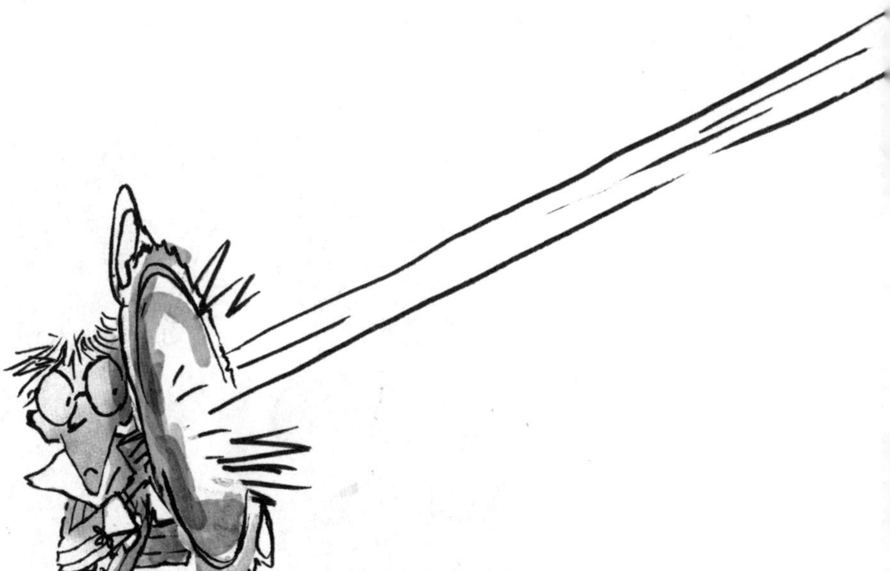

但這一次艾弗列不能再拿托盤當盾牌，因爲它被踩在他的腳底下，更慘的是，托盤滑動的速度快到根本停不下來！

嗡滋！

框啷！鏘啷！框啷！

艾弗列只好把身體歪到旁邊，讓托盤往牆面傾斜。

吱！

托盤一路摩擦石灰牆，刮出泥沙，形成大坨的煙霾。男孩不斷往下滑行。

呼砰！

框啷！鏘啷！框啷！

千里眼直衝進煙霾裡，看不見前面的方向，直接撞牆。

咚！

它八成是短路了，突然當機，開始像顆巨大的保齡球一樣朝樓梯滾落。

蹦！蹦！蹦！

艾弗列又回頭看。

框啷！鏘啷！框啷！

保齡球正直衝他而來。

蹦！蹦！蹦！

框啷！鏘啷！框啷！

當他抵達樓梯底部時，立刻從托盤上跳下來，滾到旁邊。

蹦！

千里眼彈向托盤，飛了出去。

蹦！

喀啷！

機器人終於在通道遠處止住，不再彈動。

艾弗列從地板上抬眼張望，那玩意兒竟像打不死的蟑螂，還在嘶嘶作響。

嘶～

筋疲力竭的男孩蹣跚爬了起來。

艾弗列的母親被關在倫敦塔裡，現在皇宮裡只剩一個盟友。

奶媽。

如今只有她能幫他了。

他前方的牆上有一個小門，大小足供男孩鑽進去，但對千里眼來說太小了。那是丟髒衣服的滑梯，所有的床單都是從這裡滑到洗衣間裡。

千里眼從地面升了起來，那隻致命的瞳孔正朝他的方向轉動。艾弗列顧不了那麼多了，直接衝向洗衣滑梯，跳了進去。

呼咻！

他快速滑下滑梯，最後跌在一個大籃子的髒被單堆裡。

雖然有點臭，但還挺舒服的，他從被單堆裡抬眼張望。

這裡有成排的水槽和洗衣機，正是洗衣間無誤。他知道千里眼一定還在找他，於是從被單堆裡跳出來，疾奔到門口。現在他進到了地下室的走廊裡。

雖然艾弗列從來沒來過這裡，但他知道從這裡走到底就是僕人們的房間。

在皇宮有嚴格的隔離措施，皇室成員絕對不敢到這裡來。

男孩躡手躡腳地沿著成排的房門走，直到找到一扇他確定是對的房門，因爲門上刻有奶媽兩個字。艾弗列抬起手，正要敲門，卻又想了想。現在這時候不管吵醒誰，都有點太冒險。於是改變主意，按住門把，決定直接推門進去。

門上鎖了！

就在這時，他聽見有靴子踏地的腳步聲從不遠處傳來。

咚！嘟！咚！

一定是正在巡邏的皇家侍衛隊。

艾弗列彎下身子，嘴巴對準鑰匙孔。

「奶媽？」他對著鑰匙孔低聲喊道。

沒有回答。

「奶媽？」這一次他大聲了一點。

「奶媽？」更大聲一點。

就在靴子的腳步聲越來越近時……

咚！

嘟！

咚！

鑰匙孔裡有鑰匙插入的聲音。

喀擦！

接著一隻手從門後伸了出來，摀住他的嘴。

艾弗列想尖叫，但發不出聲音！

20 麥片粥和葡萄酒

王子被用力一扔……

「喝！」

跌在地上，四腳朝天仰躺在地。

蹦！

「哎唷！」

黑暗中，一個人影正在黑暗中俯視著他。

「三更半夜的，你跑出房間做什麼？」那個聲音質問道。「你不是被鎖在房間裡了嗎？」

「奶媽，我沒想到你力氣這麼大。」躺在地上的男孩還在頭昏眼花。

老太太很自豪地分享她的健康養生法。「因爲我每天早上吃麥片粥，每天晚上喝一瓶葡萄酒。」

她說得沒錯，老太太身上的酒味濃到令人難以忍受。艾弗列覺得光聞到酒味，他就可能醉了。

「王子殿下，你要我扶你起來嗎？」老當益壯的奶媽問道。

「要，麻煩你了。」

老太太不費吹灰之力就把他拉起來。

「你絕對不會相信我剛看到了什麼。」艾弗列說道。

門外的腳步聲越來越大。

咚！

嘟！咚！

「噓！」奶媽要他別出聲。「侍衛會聽見我們的，到時就會被抓去關在倫敦塔了。」

腳步聲越來越大，然後逐漸變小。他們一直等到聲音消失在走廊盡頭。

「小夥子，現在我跟你需要好好談一談。」奶媽的語調就像大人要訓斥之前會用的那種語調。

「那讓我先告訴你一件事，」艾弗列央求道，「這件事超重要。」

「不，不，不，你給我坐下來，小夥子，我要告訴你一件事！」

「好啦，好啦，我坐下來，可是要坐哪裡呢？」

會這麼問，是因爲奶媽的房間烏漆墨黑的什麼都看不到。

「坐在我床上。」老太太說道。

艾弗列伸出手臂四處摸索，想要找到床。

「不是，那不是床——那是五斗櫃。」奶媽嘶聲道，「那是茶几——你坐在我身上了。」

「哦，抱歉，奶媽。」

男孩終於找到床坐了下來，於是奶媽開始說教。

「不管你是不是王子，夜裡在皇宮裡這樣偷偷摸摸地跑來跑去，早晚會把自己害死，這樣很危險你知道嗎？」

「你說完了沒？」艾弗列問道。

「不准你跟我說『你說完了沒』這幾個字！」她嘶聲說道。

「奶媽！拜託你啦，你一定要聽我說！我必須告訴你一件事，一件你不敢相信的事。」

「我相信的事情很多。」老太太自言自語。

「你相信我，你絕對不相信這件事！」

「那就說啊！」

「我在說啦！」

「說啊！」

「如果你不要再說話，我就能說了啊。」

「我一個字也沒說啊。」奶媽回答。

艾弗列深吸一口氣，然後開始說：「白金漢宮有一頭猛獸。」

奶媽一臉懷疑，她頓了一下才又開口：「一頭什麼？」

「一頭猛獸。一頭活生生的鷹獅獸，跟旗幟上和臂章上的那個一模一樣。」

「活生生的？」

「沒錯！」

「不可能！」她嘲笑道。

「沒有不可能，我親眼見到的！」

「哦，我的小王子，你只是做惡夢，可憐的小東西，那是個可怕的惡夢。」

「不是惡夢。是眞的。」

奶媽搖搖頭，發出不以爲然的聲音：「**嘖！嘖！嘖！**小夥子，你眞有想像力。我們得馬上讓你回床上睡覺，走吧，快點，快點。」

「不要！」艾弗列堅定地拒絕。

他們沉默不語地坐了一會兒。

「王子殿下，我希望你不要再像剛剛那樣提高音量，會被侍衛聽到的。」

「對不起，奶媽，」他低聲道，「可是我拜託你，求求你，我需要你相信我。」

老太太還是不理他，「可是艾弗列，這不是眞的啊。白金漢宮裡有一頭猛獸？不可能的！」

男孩想了一會兒才回答：「讓我證明給你看。」

21 地窖

接下來奶媽只知道艾弗列正帶著她趁夜深人靜的時候走出房間。

「這麼晚了，皇宮裡都是侍衛，我們還不上床睡覺……你是瘋了嗎？」與王子相偕躡手躡腳地走在僕人房走道上的奶媽這樣說道。

王子想了一下。「可能有一點吧，這個家族本來就都有點瘋瘋癲癲的。」

「你到底要帶我去哪裡？」

「我想我知道那尊鷹獅獸的雕像是從哪裡來的……我是說他們讓牠活過來的那頭神獸，走吧。」

艾弗列拖著老太太沿著走廊步下古老的陡峭石階。他不敢開燈，因爲怕會驚動到皇家侍衛，或者更慘的是驚動到千里眼。於是這兩人只點亮了兩盞被遺留在石階頂端的提燈，作爲照明之用，慢慢走下去。

他們

緩緩

步下階梯

直到來到皇宮

最深

最深處。

他們舉起提燈，眼前是一間超大的地下室，大到幾乎等同於皇宮的面積。

地窖。

它比一個足球場還大。

這座地窖是數百年來皇室收到的贈禮最後落腳的儲藏庫。大部份的贈禮都沒什麼用處，可是又珍貴到不能丟掉。這裡有成千上萬個木箱和木盒，裡面都裝著奇珍異品，還有很多奇特的物品直接陳列在外。

非洲的部落面具。

會自動彈奏的豎琴。

來自北極、表情齜牙咧嘴的北極熊標本。

配了劍的日本武士盔甲。

一艘古代戰船模型。

十二顆來自俄國、鑲滿珠寶的復活節彩蛋。

來自古羅馬、體積龐大、大理石製的君王寶座。

有五百只茶杯的黃金茶具。

古埃及法老王的死亡面具。

還有一尊半身銅像，是某位死了很久的獨裁者的雕像，叫做「川普」。

由於這個王國已經陷入黑暗，因此很多皇室寶藏也被搬到地窖保存。連堪稱無價之寶的畫作、黃金雕像、以及古董傢俱也都跟這些奇珍異品擺在一起。

艾弗列以前來過地窖很多次，這裡是玩捉迷藏的絕佳場所。他很小的時候，他母親曾帶他來過，他們在這裡共度過很多快樂的下午時光……他會去躲起來，等他母親找到他的時候，就會一把將他抱進懷裡。

有一天下午，他們兩個被幾尊可怕的石雕像絆倒，全都是動物雕像。

其中最可怕的就是鷹獅獸。

一發現到這些雕像時，皇后便趁機教導她兒子，說這些動物都是國王的

神獸：十頭動物代表著千古以來的英國皇家家族。那時王子很是著迷地花了很多小時閱讀這方面的書籍。

「這裡應該有十尊石雕像，就在這裡的某處。」艾弗列開口道。

「所以呢？」奶媽問道。

「所以其中有一尊被拿去讓鷹獅獸復活。」

「哦，我們又回到那話題了？」老太太嘆口氣，翻

了個白眼。

「是啊，沒錯。」

「已經過了你的上床時間了。」

「我才不在乎那無聊的上床時間呢。」男孩氣呼呼地說道。「我們一定要找到它們，現在就要找到！」

奶媽也氣呼呼地咆哮。「你起碼記得它們在哪裡吧？這地方大到不像話，走不到盡頭的。」

艾弗列舉起提燈，照向眼前的地下室。「在獅身人面像那裡左轉……」

他開始往前走，奶媽緊跟在後。他們的腳步聲迴盪在黑暗裡。

「一直走到黃金棺木，」他一邊走一邊說。「然後左轉，再找到那尊蛇髮女妖梅杜莎的半身像。」

艾弗列把手放在那顆長有很多蛇的頭顱上。

「如果我沒記錯，那些神獸應該就在前面了。」

男孩舉起提燈，在黑暗中探出身子，幾尊石雕像赫然在目。

國王的神獸。

22 國王的神獸

「艾弗列，現在要給你一個隨堂小考，」和王子相偕站在白金漢宮大地窖中央的奶媽這時開口說道。「你能叫出十頭國王神獸的名字嗎？」

艾弗列嘆了口氣。這位老太太就是愛掃人興，更何況現在是非常時期。她在皇宮裡工作了很多年，服侍過兩代皇儲，所以跟皇室有關的事情，她比誰都清楚。

「當然可以！」他反駁道。

「我是艾弗列王子。有一天我會成爲國王，牠們都會是我的神獸！」

「那就來吧。」她回答道，語調彷彿萬事通般得意。

艾弗列這回嘆了更大一口氣，然後花了點時間把注意力集中起來。

「好了，有**英格蘭獅王**。」

「大家都知道那個吧。」奶媽嘲笑道。

「**威爾斯紅龍，蘇格蘭獨角獸**……」

「這三個大家都耳熟能詳！」

「奶媽！」男孩不客氣地喝止她，「你一直打斷我，會害我分心的。」

「我不說了。」老太太回答道，看起來自以爲是的很。

「謝謝你。」

過了一會兒，她又補充道。「三個了，你已經答對三個了。」

「你又來了。」他抗議道。

奶媽這時做出一個國際公認乖乖閉嘴的手勢，用手拉起嘴巴的拉鍊。男孩才又拿起手裡的提燈，照亮每尊雕像，尋找提示。它們的體型都比他高大許多。

「**列治文白格力犬，漢諾威白馬，莫蒂默白獅和克拉倫斯黑牛、金雀花王朝獵鷹……**」

奶媽點點頭，對王子刮目相看，然後指著最後一尊石雕像。

王子仔細打量這頭神獸。牠是長得最奇特的一頭，他知道牠有個最怪異的名稱。他搖搖頭。完了，他老是忘掉最後一頭的名稱是什麼！

「要我給你一點提示嗎？」老太太問道，露齒一笑。

「不用！」他厲聲拒絕。

「**蒲福氏羊角獸。**」她大聲宣布。

「這不是提示！」艾弗列大聲說道。「這根本就是答案！」

「我們哪有那麼多時間等你想啊。」

艾弗列數算它們。「一、二、三、四、五、六、七、八、九！九尊雕像。九！**國王的神獸**應該有十尊才對。有一尊不見了，就是我說被護國公拿去使用的那尊。」

男孩覺得總算可以證明自己沒有胡謅。

可是奶媽拿起提燈在地窖裡繞了一下，然後停下來，好像找到什麼東西。

「不，不，不，」她說道，「我的小王子，很抱歉，但你錯了，錯的很離譜。它就在這裡！」

她把提燈舉向那尊雕像。

「怎麼可能？」他快步走過去。

奶媽說得沒錯，鷹獅獸的石雕像就站在那裡。

「愛德華三世的鷹獅獸，」她用一種自以爲是到不能再自以爲的聲音宣布道。「這尊雕像不可能跑到樓上的舞會廳復活或怎樣，因爲它一直都在這裡。現在我們可以回去睡覺了嗎？」

艾弗列一時語塞。

他知道他在舞會廳裡看到的是什麼，要是奶媽肯相信他就好了。

「侍衛一定把它搬下來了！」他反駁道。

「不，不，不，」她回答。「如果有搬動，我們一定聽得到聲響。你看，這些偉大的東西起碼都有一噸重。」

爲了證明自己的說法無誤，她拍了拍那尊石雕像。

啪！

不動如山。

老太太搖搖頭。「絕不可能有人可以在這麼短的時間把它一路搬上舞會廳，再一路搬下來。」

「你怎麼這麼肯定？」艾弗列問道。

「孩子，這是常識啊。」

身爲王子的艾弗列很清楚常識是他最欠缺的一塊。

男孩舉起提燈，就近照著鷹獅獸的石雕像，他注意到它頭上有塊暗漬。

「是血！」他大聲說道。

「你說什麼？」奶媽回答。

「這尊就是護國公要復活鷹獅獸的雕像。你看！我父王的血跡還在！」

奶媽挑起單邊的眉毛，近身查看。她搖搖頭。

「那不是血，只是石雕上的一塊污漬而已。」

艾弗列用指頭摸了一下。

「那它爲什麼溼溼的？」他問道，同時自豪地秀給她看被沾紅的手指。

「我覺得它看起來像泥巴！」她咕噥道，再度駁斥他。

男孩再也受不了這種一再受挫的感覺。「你爲什麼老是否定我？」

奶媽搖搖頭。「我的小王子，你累了，需要上床睡覺，現在就上床！如果你眞的很想很想查出原因，我們可以明天早上再處理。等你吃了粉粉蛋之後，心情就會開朗了。」

「到了早上可能就來不及了！誰知道護國公到時又會耍出什麼黑魔法！」

「小夥子，我已經聽夠你這些胡說八道了！走吧，我送你上床睡覺，**現在就去！**」

說完，便一把抓起男孩的手腕。

「噢！」

男孩痛得奮力掙扎，手裡的提燈掉到地上。

框啷！

他們都嚇了一跳，趕緊噤聲。

兩人同時豎起耳朵聽，結果竟然聽到某種聲響，頓時驚恐不已。

唰唰！

地窖裡不只有他們兩個人。

23 再不可能的事都有可能

窸窸窣窣！

那聲音又出現了。

艾弗列和奶媽不敢吭氣。奶媽甚至把提燈的亮度降低，直到地窖變黑。

唰唰！

又出現了！

在一個像地窖這麼大的空間裡，根本不可能聽得出來聲音是從哪個方向來的。他們踩在石地板上的每個步伐，都會在成排的木箱之間來回迴盪。

噠！噠！隆！

然後再從牆上彈回來。

所以這聲音可能來自很遠的地方……

也可能比你想像中的近。

窸窸窣窣！

又出現了！

奶媽眼神示意那聲音可能來自哪個方向，於是他們朝那個暗處躡腳走去。

艾弗列的腦袋快速地打轉。在今晚的遭遇過後，他絕對想像得出來這裡也許還藏有什麼更可怕的奇珍異品正在復活。

泥人像

埃及木乃伊

美國原住民的雷鳥

古希臘的九頭蛇怪

穿刺公弗拉德三世，他之所以有這稱號，是因爲他使用木樁處決過成千上萬的人。

古羅馬皇帝卡利古拉

中國麒麟

獨眼巨人

牛頭怪

或更糟的是，地獄惡魔犬……

三頭犬。

什麼都有可能。再不可能的事都有可能，艾弗列害怕到**全身發抖**。

唰唰！

那聲音又出現了。

搞不好只是一隻大老鼠，他一直這樣告訴自己。可是那聲音大到不像是老鼠，難道是一隻巨大的老鼠？他心想道。

窸窸窣窣！

唰唰！

當他和奶媽自覺已經很接近聲音來源時，便不敢再前進，靜止不動了。

不管那是什麼，它肯定躲在那個大皮箱的後面。

艾弗列吞了吞口水。

奶媽吞吞口水。

咕嚕！

咕嚕！

奶媽示意艾弗列過去看一下。

艾弗列搖搖頭。
艾弗列示意奶媽過去看。
奶媽也搖搖頭。
奶媽示意他們一起過去看。
兩人同時點頭。
於是這兩人手牽著手，躡手躡腳地繞過皮箱，結果發現……

24 祕密通道

小小！

「哈囉！」皮箱後面的她語調輕快地說道。

「是你啊！」艾弗列大聲說道，聲音在地窖裡迴盪。

「對啊，是我，」小小回答。「是你欸……不管你是誰。」

她的臉比之前更髒了，手裡還拿著一小包棕色的東西，一定是從廚房裡偷來的。她的嘴正在咀嚼，嘴巴四周都有沾到那東西。

「你手裡拿的是什麼？」奶媽質問道。

「巧克力啊！」

「給我！」老太太下令道。

她走過去要搶回那包巧克力，於是一場混戰開始。

「不要！」女孩抗議道。

「給我！」

「我說不要！」

「女士們，拜託你們好不好！」艾弗列喝止道。「這樣很不好看欸！」

「你供啥米？」小小問道。

奶媽趁她分神時，從她髒兮兮的小手裡搶下那一小包東西，然後聞了聞。

「這不是巧克力！」奶媽嘲笑道。

「不是的話，那是啥米？」小小追問道。

「是高湯塊。」

「難怪我覺得吃起來有肉味。我從來沒吃過巧克力，所以我也不知道它的味道是什麼，對吧？」

說完，小女孩就從老太太手裡搶了回來，繼續啃它。

「**好噁哦～！**」艾弗列大聲驚呼。

「上次在垃圾房裡，你偷偷溜掉，」奶媽開口道。「所以現在你得告訴我，那條祕密通道在哪裡。」

「你真的很蠻橫不講理欸！」女孩結論道。

艾弗列強忍住，不敢笑出來。她說得沒錯。

「我叫你現在就告訴我！」奶媽一點都不覺得好笑。

小小又咬了好幾口高湯塊。「我考慮看看。」

「什麼叫做你考慮看看？」

「等我吃完這個，再告訴你！」

奶媽嘆口氣，改用別招。「如果你告訴我，我就告訴你巧克力藏在哪裡。」

女孩有點心動。「你會嗎？」

「會啊，皇宮裡有堆得跟山一樣高的巧克力，夠吃上一百年。你想帶多少巧克力都行。」

「我可以帶走很多！」

「有牛奶巧克力、黑巧克力、白巧克力、薄荷巧克力、香橙巧克力、紅寶石巧克力、焦糖巧克力、軟糖巧克力、堅果巧克力！」

「我現在也好想吃巧克力哦。」艾弗列說道。

「好吧，好吧，我告訴你好了。」小小說道。

「這才聰明嘛。」奶媽說道。
「先說巧克力在哪裡。」
奶媽嘆口氣。「廚房是從這樓梯一直上去。我猜地下通道在這裡，對吧？」
「沒錯，」小小說道。「跟我來！」
她沿著地窖跑，另外兩個跟在後面。
「我不久前差點被抓到，因爲有幾個侍衛跑到下面這裡來。」女孩說道。
「不知道在暗處搬什麼東西，你們剛剛錯過了。」
艾弗列瞪了奶媽一眼。
「我就跟你說這是眞的！」他說道。
「什麼是眞的？」小小問道。
「說來話長，」奶媽回答道，中斷這個話題。「這不關你的事。所以祕密通道在哪裡？」
「這邊！」女孩開心地說道。
就在地窖最遠的一個角落裡，地板上有塊石板鬆脫了。
「就在下面。」小小說道，同時光腳跺著那塊石板。

「打開給我看！」奶媽質疑道。

小女孩用力搬開那塊石板。

框！

三個人往幽暗的洞口低頭窺看，有好多石階一路通到聽起來像是有條河的地方。

咻嚕嚕！

「底下就是以前的倫敦地鐵？」艾弗列問道。

「對啊，退潮的時候，還可以隱約看到以前的站牌哦，皮卡迪利廣場、格林公園、騎士橋。」

「是皮卡迪利地鐵線！」王子大聲說道。

「我怎麼不知道這裡有祕道，」奶媽說道，「一定是二次世界大戰時挖出來的另一條祕道。隱密到都沒人知道，眞有你的，小姑娘！」

「現在我可以拿我的巧克力了嗎？」小小追問道。

「當然可以！你愛吃多少就吃多少，吃到你噁心爲止。」

「太好了！」

「來吧，我帶你去！」老太太說道，同時牽住小女孩。「我的小王子？」

「好吧。」男孩嘆口氣。

「這名字好好笑哦。」小小咯咯笑道。

「我知道。」他附和道。

「我的小王子，」奶媽又說道，「你必須直接回你房間睡覺！」

「可是——！」

「沒有可是！現在就回去。」

「可是我也想吃巧克力！」

「他也還沒吃過軟糖口味的！」小小幫他說話。

「等我處理完這小姑娘的事，就去拿一條巧克力給你！」奶媽回答。

然後他們一起走出地窖。

25 黑影

艾弗列繼續往前走，他盡量走在暗處，躡手躡腳地從白金漢宮的最底層爬上最頂樓。他一回到房間就鎖上房門，再把鑰匙藏在枕頭底下，然後穿過房間，來到窗邊。他怕引起外面侍衛的疑竇，於是小心翼翼地拉開一點窗簾往外窺看。他最先看到的是倫敦市區每晚都在燃燒的熊熊大火。城裡一向都有暴動，夜裡尤其嚴重。離皇宮不遠處，一面英國米字旗被高掛在一根燈柱的頂端接受喝采。

「萬歲！」

一定是革命份子！

也可能是小小？還是艾弗列的母親？也許他們都參與了同一

個抗爭？

過了一會兒，護國公的飛船從雲層裡冒出來，金色的鷹獅獸標誌就在船側閃閃發亮。船艙底部有一把槍開始轉動，對準那面旗幟瘋狂掃射。

滋！滋！滋！

轟！

英國米字旗被炸得起火燃燒。

「景色不錯吧，王子殿下？」一個聲音從他後方的暗處響起。

王子嚇得不敢動。他緩緩轉過身去，看見護國公坐在房間角落暗處的一張扶手椅上。那男的一直都待在那裡！艾弗列全身發抖。

「呃……我……呃……我只是……」

「閣下，只是怎樣？」護國公輕笑說道。

「我保證我沒離開過房間。」

「眞的嗎？」

「只有一下下而已，我只是去廁所。」

「可是你房間就有廁所啊。」護國公說道。幽暗中，只看得到他那雙銳利的眼睛。他的目光瞟向房裡半掩的廁所門。

「我意思是我出去拿杯水。」

護國公逕自笑了起來。「那你的水呢？」

「我喝掉了。」

那男的搖搖頭。「你忘了千里眼看得到所有事情。」

艾弗列吞了吞口水。

咕嚕！

他有被當場逮到過。

「問題是……你看到了什麼？艾弗列王子？」

「什麼也沒看到。」男孩撒謊道。他知道他回答得太快，快到令人起疑。

「過來，孩子，我們是朋友啊。」

「我不是你朋友。」艾弗列反駁道。

護國公挑起他的眉頭，這個向來體弱多病的孩子比他想像得有膽量。

「告訴我你到底看到什麼。」他逼問道。

「什麼都沒看到。」王子反駁。

護國公站起來，從暗處走出來。他表情得意地從男孩枕頭底下掏出鑰匙，然後打開房門。門一開，艾弗列看見千里眼就在門外盤旋。

「也許我的朋友會幫你喚起記憶。」護國公說道。

話語一落，千里眼靜悄悄地飛進房裡。

艾弗列站在窗邊看著那玩意兒慢慢靠近。他不停後退，直到無路可退。

「告訴我你看到什麼？」護國公逼問道。

此刻那顆大眼睛正瞪著男孩的眼睛。瞳孔慢慢打開，它是打算把艾弗列炸成碎片嗎？

「我知道你跟奶媽有勾結。」那男的說道。

「沒有，」艾弗列撒謊道，「奶媽跟這件事沒有關係，我發誓！她是無辜的。」

「這我不確定哦，不過我會去收拾她的。」

「不，不要收拾奶媽，你饒過她，我求你！」

「那你告訴我你看見什麼？」

「我要求見我父親！」艾弗列大聲說道。王子相信自己使出了殺手　。

「國王生病了。」護國公回答。

「是你害他生病的！」

護國公表情依舊鎮定，但還是說：「這是個惡毒的謊言，我是國王最忠誠的僕人。」

「你根本不是！」

那男的搖搖頭。「只要你告訴我你看到什麼，我可以不計較。」

「我要求見我父親！」艾弗列重申道，語氣咄咄逼人。

「太晚了，國王睡了。」

「我現在就要見他！」

護國公頓了一下，然後出乎艾弗列意料之外地鞠躬說道：「王子殿下，如你所願。」

說完，護國公就走向房間牆壁那面鑲著金邊的大鏡子。他往側邊的隱藏開關按了一下，鏡面便開始模糊，然後就看見國王站在鏡子另一頭的房間往這裡看。原來這是一面雙向鏡。

「父王！」艾弗列喊道。

男孩衝向鏡子，千里眼趕緊讓開。他撲向鏡子，抱住它。

但是國王只是瞪著前方，沒有流露出任何一絲情緒。

「閣下，你兒子想要見你。」護國公輕聲笑道。

國王還是不發一語。

「很遺憾我必須通知你，你的兒子今晚擅自離開房間。我們有充份理由相信，這男孩就跟他母親一樣勾結了革命份子。」

「才不是！」艾弗列駁斥道。「父王，父王！求求你！你必須相信我！」

「閣下，你要我怎麼處置他？」

艾弗列掄拳搥著鏡子。

框！鏘！啷！

「父王，求求你，你聽我說，我求你！」

國王看著他的兒子。艾弗列迎視他的目光，渴望見到他眼裡流露出一絲絲父愛也好、仁慈也好、同情也行，什麼都可以，但卻什麼也沒看到，什麼都沒有。國王的目光一片死寂。

「把……把這男孩……」國王開口道。

「怎樣？」護國公鼓勵他繼續說下去。

「把……把這男孩送去倫敦塔。」

護國公露出笑容，按了一下開關，國王瞬間消失。

「不——————！」

艾弗列放聲大叫。

第三部

叛國賊之塔

26 黑水

艾弗列的頭被蓋了頭罩，什都看不見。

被定罪的男孩接下來被兩名皇家侍衛一路押解，經過白金漢宮的廊道，再步下一道又一道長階梯。前方帶隊的是護國公，千里眼在後方壓隊。侍衛們緊緊架著男孩的手臂。

王子很痛，覺得手臂一定瘀青了。

「至少讓我跟奶媽道個別吧？」他央求道，但他的聲音被頭罩蒙住了。

也許他可以給她一個暗號。

搞不好她會來救他。

「恐怕不行哦，我們剛剛談話的時候，她就已經被送進審訊室了。我希望她能在那裡待上很久很久。」

王子突然覺得心好痛。他非常希望這位慈祥的老太太不會因爲他而遭遇到什麼厄運。

「她是無辜的！」男孩抗議道。

「我們會查出來的，審訊是很……」護國公小心斟酌自己的用語，「有說服力的。」

「那是酷刑！」男孩大聲說道。

「你很快就可以親身體驗了。」

艾弗列渾身發抖，他甚至雙腿癱軟。但侍衛們架住他，把他拖走。

這時有一扇門打開了，隨即又關上。艾弗列從陌生的迴音判斷得出來，他們已經不在白金漢宮裡。

噠！嘟！噠！

「我們在哪裡？」他問道。

「如果我告訴你，這就不是祕密了。」

聽起來他們好像正在經過一條很窄的通道。

「你們要帶我去哪裡？」男孩追問道。

「有耐心一點，小王子，答案馬上就會揭曉了。」

他們又走了一段路，才又聽到一扇很重的門或者是一面牆滑開的聲音。

霍！

然後是關上的聲音。

霍！

這群人又往前走了幾步，最後停下來。

侍衛先按住男孩一會兒，然後才把他的頭罩摘掉。

他眨眨眼睛。

艾弗列王子生平第一次來到外面的世界。

滾滾黑水正舔食著他的腳，他抬頭張望，看見某種拱狀的石頭建築，突然明白自己正站在橋底下。

精確的說，是西敏寺橋。

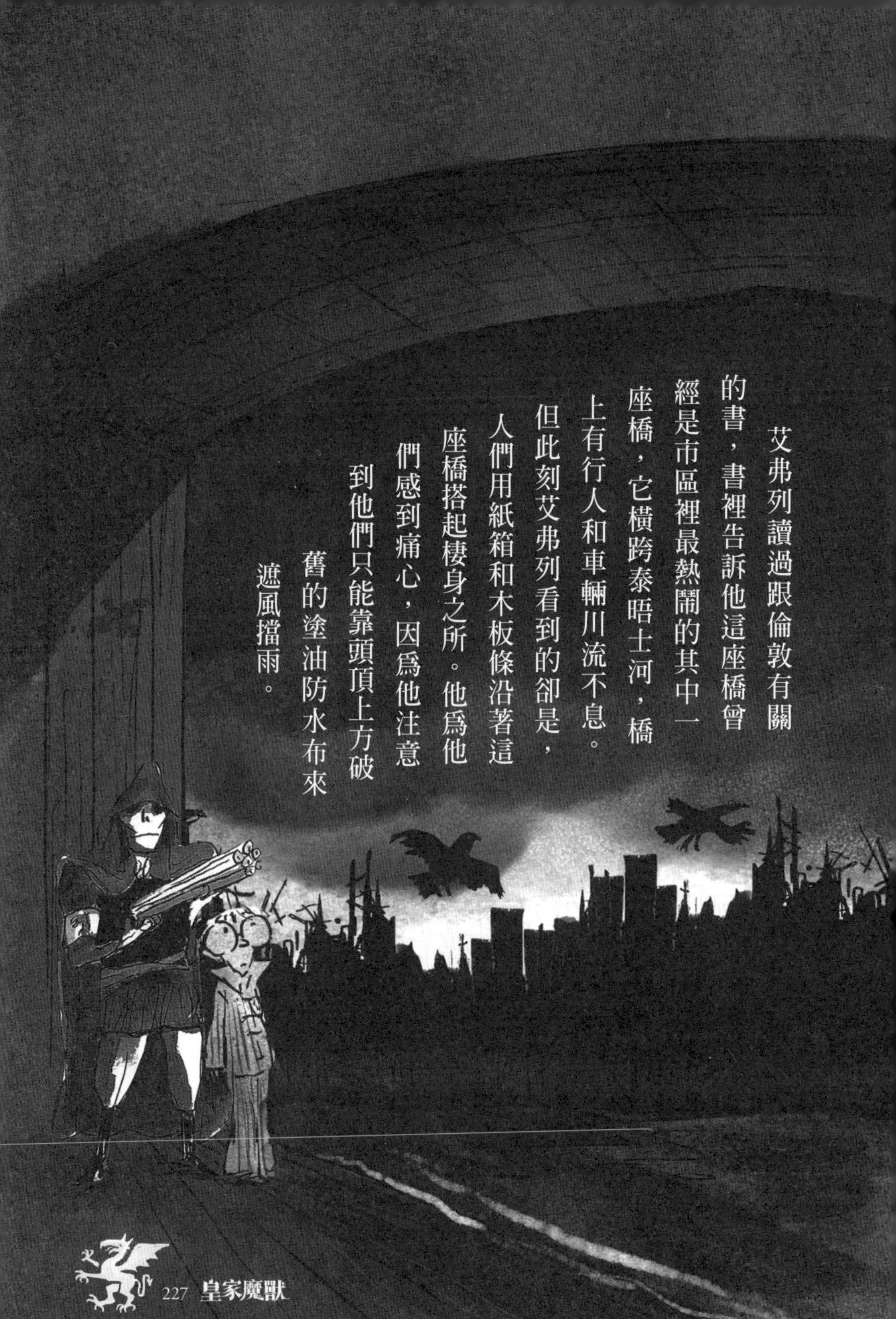

艾弗列讀過跟倫敦有關的書，書裡告訴他這座橋曾經是市區裡最熱鬧的其中一座橋，它橫跨泰晤士河，橋上有行人和車輛川流不息。但此刻艾弗列看到的卻是，人們用紙箱和木板條沿著這座橋搭起棲身之所。他爲他們感到痛心，因爲他注意到他們只能靠頭頂上方破舊的塗油防水布來遮風擋雨。

艾弗列回頭張望，沒看到可通往白金漢宮的明顯入口，只有一道石牆。看來這裡是有一條可供進出的祕密通道，只是護國公沒打算分享這個祕密。

「閣下，你的皇家駁船來了。」護國公大聲宣布，千里眼仍在他後方盤旋。話才說完，一艘木製的長形划槳船漂了過來，船身有華麗的雕刻圖飾還有金漆彩繪，至少有十二名侍衛在船上擔任划槳手。他們舉起船槳，讓船身慢慢靠岸。

「王子殿下，我要在這裡跟你道別了，」護國公輕笑道。「最後一次。」

「你不能這樣對我！」艾弗列抗議道，同時奮力想掙脫侍衛。「我是王子，我是這個王位的繼承人。」

「你只是一個叛國賊。侍衛，送他去倫敦塔！」

艾弗列拼命掙扎……

「把你們的手拿開！你控制了我的父親，但你不能控制我！」

但侍衛把他抓得更緊。他們緊掐住他的手臂，讓他痛不欲生。

「啊！」

他們粗暴地將男孩推向表面滑溜的石階，要他上船。

男孩的腳上被銬上鐵鍊，另一條鐵鍊則繞過他的雙手，綁在背後。還有一條像頸圈一樣套在他頭上。然後再連人帶鏈地綁在船頭的旗桿上。

「我知道你在幹什麼！」艾弗列放聲大喊。「你在製造某種怪物！」

「看來你是有了幻覺，就跟你父親一樣。倫敦塔會把你治好的。」

護國公點頭示意，侍衛們開始划槳，載走王子。木槳節奏一致地劃破水面。

涮！唰！涮！唰！

河邊的護國公在千里眼的陪同下，對著正遠去的駁船，向男孩最後一次揮手。

「再會了！永別了！」他說道。

艾弗列別過頭去，不讓護國公看見他的眼淚。

泰晤士河的河面上罩著濃霧。整座城市看起來靜得可怕，駁船四周暗影幢幢，黑水吞吐著各種垃圾漂流物，有底部朝天的船身、有鞋子、有帽子、有書、有皮箱、有雨傘、甚至有洋娃娃。

每個東西的背後都有個故事。

而且是可怕的故事。

這艘船沿著泰晤士河前進，沿途幾乎悄無聲息。駁船的划槳聲比馬達的聲響小很多，因此很適合用來載送囚犯到倫敦塔。艾弗列的思緒飄向他母親。

這一定也是她曾經歷過的一段航程。

被綁在船首的男孩隔著濃霧依稀看得到倫敦幾個知名地標的輪廓。

倫敦眼是一座摩天輪，曾是遊客的觀光勝地，如今塌倒在地。**環球劇場**曾是一座娛樂大衆的莎士比亞劇場，現在已然全毀。薩瑟克大教堂自從被一場大火徹底摧殘後，便沒了屋頂，此刻只剩焦黑的空殼。

當駁船快划到倫敦橋時，艾弗列隱約看到幾個人影站在木箱和帳蓬間。那座橋現在就跟泰晤士河上的其它幾座橋一樣，全成了可憐人的臨時家園。就在駁船從橋底下通過時，突然有人開始叫囂，接著好幾根棍子和石頭砸中船身。

砰！碰！鏘！

「我們需要食物！」

「救救我們！」

「我們快餓死了！」

其中幾個人不顧一切地從橋上跳下來，少數幾個沒跳進船身裡，反而掉進河裡。

啪唰！

他們試圖爬上船，但侍衛拿船槳打他們，不讓他們上船。

啪！

他們又掉進河裡。

「不要打了！」艾弗列喊道。

啪啉！

有兩個好不容易登上船。

蹦！

蹦！

他們走到船尾，但立刻被雷射槍擊中。

滋！

轟！

兩人瞬間掉進泰晤士河。

唰！

嘩！

「殺人兇手！」艾弗列對著皇家侍衛大喊，卻無力阻止這場暴行。

駁船繼續沿著泰晤士河划行。

緩緩離開濃霧，一棟古老的建物陰森逼近。

是**倫敦塔**。

它的底部是著名的河道入口。

叛國賊之門。

王子閉上眼睛，他就要面對自己未卜的命運了。

27 叛國賊之門

艾弗列隱約看到倫敦塔的所有城垛都布署了嚇人的皇家侍衛，他們全都拿著雷射槍瞄準這條河。當皇家駁船快划到大門時，門竟自動開了。

咖噠！

這男孩就像幾百年來，在他之前的所有叛國賊一樣，正要展開他在倫敦塔裡的囚犯生涯。手腳仍銬著鐵鍊，艾弗列被帶下駁船，然後被一路押解，走在一條石板步道上，直到抵達囚禁區。

一進到裡面，臭味立刻迎面撲來。

那味道彷彿來自中世紀。

然後是各種吵鬧聲響。

痛苦的哀號聲不斷傳來。

「啊！！！！」

「救命啊！！！」

「求求你！！！」

倫敦塔是艾弗列所能想像到的最糟糕的地方。

囚犯們被塞擠在狹小的囚室裡……每間陰暗潮溼的囚室都塞了十幾個人…而且待遇比對動物園裡的動物還要惡劣。

囚犯滿臉都是泥巴，餓到眼神空洞。他們衣衫襤褸，沒有鞋穿。當男孩從這些囚室經過時，有些人放聲喊道：

「這男孩是誰？」

「是艾弗列王子嗎？」

「他來這裡做什麼？」

一個牙齒掉光的老婦人不停大笑，那樣子就像是瘋了一樣。

「哈！哈！哈！哈！」

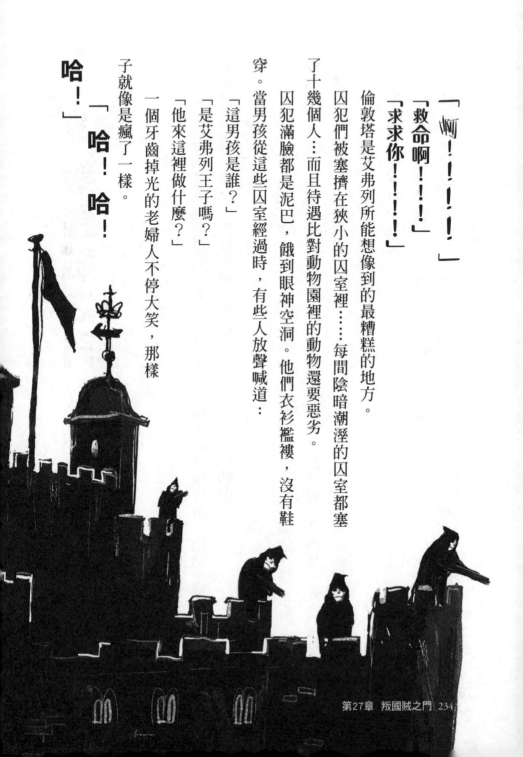

一個男孩伸出手乞求。「求求你，求求你。」

艾弗列不確定他在哀求什麼。是乞求憐憫吧！可是他也給不了。王子現在都自身難保了，也成了階下囚的一員。他繼續往前走，從監獄同伴們旁邊經過。

那個被綁著鐵鍊的老先生是以前的英國陸軍司令嗎？他有一天晚上突然從皇宮裡憑空消失。

那個留著白色長鬍子的男子是以前的警察老局長嗎？他已經失蹤好幾十年了。

在又髒又破的毛毯下發著抖的是英國最後一任的首相嗎？她是在艾弗列出生前被逮捕的。

倫敦塔一定囚禁了一百多個像這樣所謂的「**叛國賊**」。

王子渴望見到他母親的身影，她還活著嗎？

艾弗列被拖著往前走，路上經過成排的囚室，這時候他轉頭對侍衛說：「我是你們的王子，我要求見皇后。」

但侍衛們不理他，反而抓得更緊……

「噢！」

他們繼續押解他前往囚室。

一到囚室，侍衛就把他丟進去。

碰！

「噢喲！」

然後他們解開王子手臂和腿上的鐵鍊……

喀鏘！

再鎖上囚室的門。

框啷！

艾弗列跑到門口生鏽的鐵欄杆那裡，對著侍衛大叫。

「你們不能把我丟在這裡自生自滅！」

但他們就是打算這麼做。

自從倫敦塔在十一世紀蓋好後，囚室沒經過什麼整修。牆壁是暗色石牆，地板上散落著零星的乾草堆，角落放了一只木桶。艾弗列猜那應該是讓他小解的地方。出生貴爲王子的艾弗列，很確信這輩子絕對不會靠一只木桶來小解，但他錯了。

就在艾弗列終於可以小解而感到短暫快意時，突然聽見天花板傳來敲打聲。

噠！噠！噠！

一開始，因爲這聲音害他沒辦法好好小解，男孩有點惱火。

但他一小解完，便站在原地不動，想聽個仔細。

噠！噠！噠！

一次敲三下，節奏跟前幾次的一模一樣。

噠！噠！噠！

艾弗列想要敲回去，可是就算他踮起腳尖也不夠高，搆不到天花板。要是他剛沒在那只木桶小解，現在就能拿它來墊腳了。

噠！噠！噠！

又敲了。

管它的！男孩心想。囚室角落有個小洞，於是他小心翼翼地把黃色液體倒進去。

滴滴答答！

「喂！」下面傳來一個很沉的聲音。「你這髒鬼！」

「對不起！」他喊了回去。他才來到倫敦塔五分鐘而已，就已經惹惱了其中一名囚犯，把尿倒在人家頭上了。

艾弗列隨即把木桶倒過來，站了上去。現在他的手剛好搆到天花板，於是舉起拳頭敲了回去。

噠！噠！噠！

結果上面又傳來三聲。

噠！噠！噠！

艾弗列開始覺得這有點蠢。

這樣敲到底有什麼意義？

突然間他聽見上面傳來刮擦聲。不管是誰在上面，顯然正在**鑿**洞。

艾弗列跳下木桶，手腳並用地在囚室地板上搜找。他想找到尖銳的物品來鑿天花板。

但什麼也沒找到。

這時他的眼角餘光瞄到牆上有塊石頭突了出來，於是拿起木桶……

碰！

他撬了一小塊下來。

喀！鏘！

然後艾弗列又站上水桶，開始鑿天花板。

刮！

刮！刮！

他聽見外面有靴子的腳步聲接近。

咚！嘟！咚！」

一名皇家侍衛正在巡邏！

艾弗列跳下木桶，假裝坐在木桶上大號。

侍衛隔著鐵欄杆。男孩朝他喊道：「拜託好不好，我好歹也曾經是王子。」

侍衛搖搖頭，掉頭離開。

艾弗列馬上又回去工作。

刮！刮！

當天花板終於被鑿穿一個洞了，有小石子掉到了他的臉上……

喀！

艾弗列把眼睛貼上去看。

竟然有隻眼睛瞪了回來。

他起初嚇了一跳，後來才恍然大悟那是他再熟悉不過的眼眸。

是他母親的眼睛。

28 腦袋生病了

「獅心王嗎？」天花板上面有聲音問道。

艾弗列很想堅強，但不可能，他嚎啕大哭了起來。『嗚——哇——哇！』

「噓！」皇后隔著天花板的洞要他別出聲。「侍衛會聽到的。」

「我忍不住嘛！」艾弗列吸著鼻子。

「別難過。」她低聲道。

「我不是因爲難過才哭，我哭是因爲我太高興了。」

「高興？」

「高興見到你啊！」

「你會害我哭出來的。」男孩的母親說道。「給你！」

皇后把一條蕾絲手帕塞進洞裡，遞給他。

艾弗列接過來擦乾眼淚，然後還擤了擤鼻子。嚕～！

他打量那條手帕，讀著繡在邊角的英文字。

「『VR.』是維多利亞女王的名字！所以這條手帕有幾百年歷史了。」

「是啊，我實在不應該拿給你擤鼻涕的。」

「對不起，你要拿回去嗎？」

「你真客氣，還是不要吧。」

「那我要拿它做什麼？」

「先塞進你的袖子裡吧。」

男孩照她的話做，塞進睡衣袖子裡，但沾著鼻涕的手帕緊貼著皮膚，感覺黏乎乎的。那當下，他突然不懂爲什麼大人都喜歡把手帕塞進袖子裡。

「馬麻，我好希望你現在可以抱抱我哦。」

「我也希望可以抱抱你。我願意拿我的過去和未來交換這一次的擁抱。」

「你又害我想哭了啦。」他吸吸鼻子。

「艾弗列，我們用手指抱抱好了。」

「手指抱抱？」

「對啊，你看……」

話才說完，皇后就把手指戳進洞裡，艾弗列站在木桶上踮起腳尖，伸長身子，把手指往上戳。

兩根手指輕觸彼此。

怪的是，手指碰觸到的那一剎那，竟然覺得心情平穩。

「你爲什麼被送來這裡？」皇后問道。

「父王下令送我來的。」

「不！他怎麼可以這樣對待自己的孩子？」

「馬麻，他生病了。」

「你說得對，他的腦袋病得很嚴重。他跟我說他夢到很可怕的惡夢，每天晚上都做惡夢，夢裡出現全身是火的怪物。」

「馬麻，那不是惡夢，」艾弗列回答。「是眞的。」

「你這話什麼意思？」

「你一定不相信我，但我今天晚上在皇宮裡有看到，而且**眞的很可怕**。」

「是什麼？」

「國王也在那裡。」

「他在做什麼？」

「他看起來像在夢遊。」

「夢遊？」

「對，好像在進行……我也說不上來……某種儀式。」

「儀式？只有你父親嗎？」

「不，還有護國公。」

「當然有他！我早該想到這一切都是他在搞鬼。」母親大聲說道。

「對啊，他利用某種魔法。護國公在……在……」

「怎樣？」

男孩總覺得說出來會很怪，但是他很清楚自己看到了什麼。「他在用魔法讓一頭動物復活起來，」

「什麼動物？」

「一頭全身是火的動物！一頭**鷹獅獸**！」

「鷹獅獸！」他母親沉思道。「那是幾千年前的神力象徵。你確定你不是因爲看了某本古書而半夜做惡夢？」

「不是，」艾弗列冷靜回答。「這是眞的。」

「這頭鷹獅獸一定會賜護國公神力來取代國王。八成是這幻覺把國王嚇得半死，他眞可憐。」

「馬麻，這不是幻覺。如果我們不阻止，**這頭魔獸會殺光我們的！**」

29 欺騙

就在這時，鐘聲響徹全倫敦。

噹！

那絕對是大笨鐘的鐘聲。

「快數鐘聲！」皇后對著地板和艾弗列的天花板上的小洞嘶聲說道。

於是艾弗列仔細聽後面的鐘聲。

「……兩下、三下、四下、五下、六下、七下、八下、九下、十下、十一下、十二下。」他低聲說道。

「那就不是今晚。」他母親說道。

「什麼不是今晚？」他好奇地問道。

「我們必須聽到十三下鐘響。」

「十三下？爲什麼要十三下？」艾弗列自然而然地問道。

「那是信號。」

「什麼信號？」

「革命的信號。」

男孩不敢相信自己的耳朵，皇后眞的是叛國賊。

「所以你是革命份子！」艾弗列氣極敗壞地說。

「沒錯。」她冷靜回答。

「可是爲什麼要毀了聖保羅大教堂？你怎麼可以這樣做？」

「不是我做的。」皇后駁斥道。

「我不懂。」

「你一定要相信我！我絕對不會做這種事！革命份子也不會！」

「你爲什麼這麼有把握？」

「他們沒有理由攻擊自己的城市。他們想要的，還有我想要的，以及這個國家人民想要的，只是**終結邪惡的統治**。」

「可是如果不是你或其他革命份子毀掉聖保羅大教堂，那麼是誰呢？」

「護國公。」她冷淡地回答。

「他爲什麼要這麼做？」艾弗列問道。「這不合理啊。」

「很合理。」

「毀掉聖保羅大教堂很合理？」

「因爲沒有人會懷疑是護國公自導自演的，他才能嫁禍給革命份子，還有嫁禍給我，指控我們是邪惡的一方，而不是他。然後現在把我關在倫敦塔，他就能在皇宮裡爲所欲爲，進行他惡毒的計畫！他是可怕的獨裁者，我們一定要阻止他，艾弗列，你願意幫我們嗎？」

男孩還來不及回答，就聽見軍靴的腳步聲正在接近。

咚！嘟！咚！

「有侍衛！」他嘶聲說道。

「快下去！」皇后催促他。於是他趕緊從木桶上下來，跳到乾草堆那裡。

碰！

他假裝睡著，甚至還裝出完美的打呼聲，不過就他所知，他這輩子還從沒打呼過。

男孩不敢睜開眼睛，

他聽見那名侍衛在他囚室前面停了下來，過了一會兒才離開。

「呼嚕嚕！呼嚕嚕！呼嚕嚕！」

咚！嘟！咚！

他再度睜開眼睛，聽見有聲音從上方他母親的囚室裡傳來

「你好大膽，竟敢隨便闖進來！」皇后說道。

「告訴我們，你的那些革命份子朋友藏在哪裡！」

有人用低沉沙啞的聲音問道。

「我不知道！」

「回答我的問題！」對方咆哮道。

「我發誓我不知道！」她回答。

「少來了，別跟我玩遊戲了。」

「我以皇后的身份命令你放我離開這個鬼地方。哦，這些吵鬧的聲音！還有這些人！立刻還我自由，讓我回皇宮去。」

「這是國王親自下的命令。」對方吼回來。

「國王精神狀況糟到根本無法下命令！我比誰都瞭解他！拜託你好嗎！」

那男的不買帳。「這是國王下的命令，所有叛國賊都要被關在倫敦塔裡。」

「我不是叛國賊！」

「哦，你是，而且你知道革命份子藏在哪裡。告訴我們，我們才能一網打盡所有叛國賊。」

「我最後一次告訴你，我不知道。」皇后斬釘截鐵地說。

「看來得使出終極手段了。」那個低沉的聲音說道。

「你要怎麼嚴刑拷打我都隨便你，我就是什麼都不知道！」

這時出現低沉的長聲大笑。

「**哈！哈！哈！**哦，不，我們沒有要嚴刑拷打你。說到嚴刑拷打的對象，我有個更好的點子。等你聽到他的尖叫聲，相信就會一五一十地告訴我們了。」

「誰？」皇后質問道。「你這個畜牲，快告訴我你在說誰？」

「**當然是你兒子！**」

30 劊子手

過了一會兒，男孩又踢又叫地被兩名皇家侍衛從囚室裡拖出來。他們把他拉到倫敦塔上面的其中一座角樓。

雷雨雲在頭頂上方翻騰，風聲呼嘯。角樓上的皇后被塞在鐵籠裡，吊掛在半空中。

喀噠！框啷！喀啷！

這種鐵籠自中世紀以來就存在，它叫棺刑。鐵籠的尺寸剛好足夠塞進皇后，但沒有空間供她動彈。從她臉上的表情看得出來她很痛苦。

「馬麻！」艾弗列一看到她就大聲喊叫。

「你們敢傷害我兒子看看！」皇后對著侍衛吼道。

他們把男孩往地上一丟，他跌跪在地上後蹣跚爬了起來，跑向他母親。

他撲上那只籠子，把小小的指頭穿進去，巴不得能帶給她一絲絲的安慰。

「獅心王，你要堅強，」她低聲道。

「一定要堅強，我跟你保證，我們一定可以活著離開這裡。」

男孩還來不及回答，一名戴著黑色面罩的彪形大漢就把他拖走了。

他是劊子手。

「小傢伙，你跟我來。」他的聲音低沉粗糙。

這人就是不久前在皇后囚室裡訊問她的那個人。

「不要！」艾弗列喊道。

可是劊子手比他強壯，沒多久男孩就被綁在一個木製的大輪子上。

這可不是一般輪子。

是死亡輪，是中世紀的一種酷刑器具：綁在上面的人會隨著輪子的轉動而被逐一扯斷四肢。

輪子上的艾弗列開始緩慢地被轉動。頭下腳上的他，覺得頭暈目眩，輪子的轉動令他反胃想吐。

劊子手不發一語地拉扯了一下綁在他腳踝和手腕上的繩索，確定夠緊。

「啊！」男孩的皮膚被繩索磨得很痛，不禁放聲大叫。

但酷刑才要開始而已。

「轉動輪子！」劊子手大聲下令，皇家侍衛聽命行事。

「不可一世的皇后陛下，現在請告訴我們革命份子藏在哪裡？」劊子手開口問道，「不然你最親愛的兒子就會慘死。」

「我最後一次告訴你，我不知道你在說什麼！」皇后咆哮道。「如果我知道，我保證一定會告訴你。但我真的不知道。如果你一定要嚴刑拷問，就把我綁在輪子上吧，不要綁他。我求求你，他只是個孩子！」

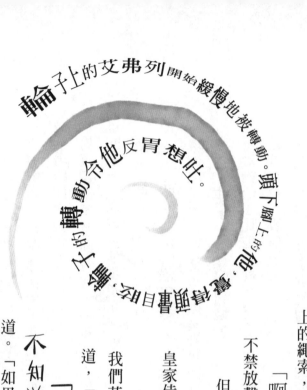

「我很好奇，要是我把你兒子的其中一隻手或腳砸爛，是不是就能喚起你的記憶。」

「不，求求你，」她哀求道。「我發誓，我真的不知道！」

劊子手搖搖頭，高舉鐵錘，準備朝男孩砸下去，將他的骨頭砸成碎片。

艾弗列緊閉雙眼，不敢看即將發生在自己身上的慘事。

「住手！」皇后喊道。「我把我知道的都告訴你。」

「我就知道你明白事理。」劊子手回答。

「現在先把我的兒子鬆綁，我再告訴你。」

劊子手是不受人指揮的，他火大地走到鐵籠那裡。

「革命份子藏在哪裡？」他追問道。

「我要求先鬆開我兒子。」皇后堅定地說道。

艾弗列很訝異他母親在這種時候能如此從容不迫。

劊子手向侍衛點頭示意，侍衛開始解開男孩手腕和腳踝上的繩索。

「馬麻，不要告訴他們任何事。」艾弗列央求道。

皇后不理會她兒子，她等待著兒子從死亡輪上被解開。男孩眼淚盈眶，快要喘不過氣來，得靠其中一名皇家侍衛的幫忙才爬得起來。

「你的寶貝小王子已經被解開了，」劊子手說道。「現在快告訴我你所知道的事，現在就告訴我。」

那男的不停晃動手裡的鐵鍾，錘頭不時輕敲著自己的手掌。

乓！

結果不小心敲得太用力了，傷到了自己。

「噢嗚！」他說道，面罩底下的表情想必很痛苦。「我還在等。」

接著他拿鐵錘的木柄沿著鐵籠欄杆劃了過去。

框啷！喀啷！喀鏘！

「拜託好不好？我是個大忙人欸。整座塔的囚犯都等著我嚴刑拷打，等著我處決的人犯名單可是跟你的手臂一樣長呢。」

皇后直直瞪著艾弗列，然後點個頭。他不太懂她點頭是什麼意思，他深怕露出馬腳，只好皺起眉頭，像是在問她：**什麼意思**？

皇后又點了一次頭，並把頭歪向一邊。

王子揣測她的意思是要他想辦法吸引劊子手的注意。

「我會告訴你革命份子在哪裡。」王子大聲說道，劊子手轉過身來。

皇后微微一笑，她的計畫奏效了。

「你知道？你這個討人厭的小可憐蟲。」劊子手問道，語氣不太相信。

「還是你只是在耍我？」

皇后趁所有目光都在王子身上的時候，開始用身體前後晃動鐵籠，才晃了幾下，鐵籠甩盪的幅度就開始變大。

呼咻！

艾弗列盡量表情沒有顯現出變化。但這很難，畢竟不是每天都有機會可以看到自己的母親在一個狀似鳥籠的鐵籠裡盪得這麼高。

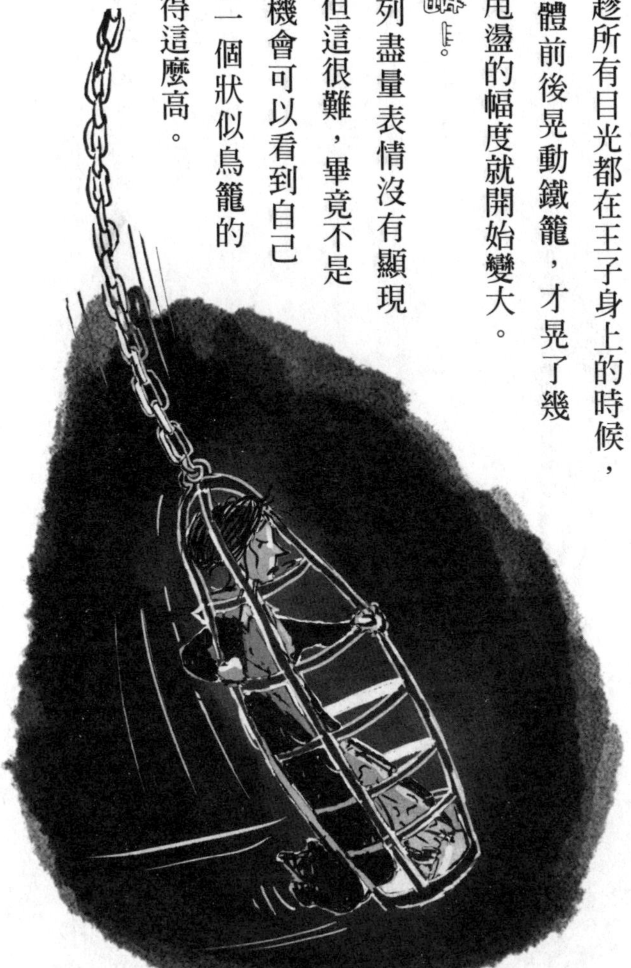

「革命份子的祕密基地分布在倫敦各地，」艾弗列繼續說道。「他們藏身在以前的幾座地鐵站裡。」

劊子手翻了個白眼。「這是已經過時的情報了，你應該很清楚，早在幾年前，那些鼠輩都被趕了出來。」

鐵籠現在盪的弧度更大了，事實上幾乎快撞上劊子手。

「劊子手！」皇后放聲大喊。

他轉過身來，「幹嘛？」

結果他的頭當場被鐵籠狠狠撞上。

鏘！

「啊！！！」

……掉進底下的河裡。

啪唰！

「我不會游泳啊！」他大喊。

31 大禍臨頭

站在倫敦塔角樓裡的艾弗列一直望著他母親，想知道下一步計畫是什麼。

很不幸的是，她好像沒有。

「快逃！」她大喊。

「可是馬麻，我必須救你出來！」

「快逃，拜託你快逃！」

男孩環顧角樓，侍衛們已經擋住他的去向。

更可怕的是，其中一名侍衛正朝他走來，艾弗列趕緊躲到鐵籠後面。

「用力撞他！」他母親喊道。

於是他使盡力氣地把鐵籠往前一推，撞上那名侍衛。

框隆！

「呃！」

侍衛往後一倒，
接連撞上後面幾個
侍衛，他們像骨牌
一樣全倒了下來。

乒！

碰！

乓！

「啊！」

「哎呦！」

「噢喲！」

「幹得好，小王子。」
他母親誇獎道。

侍衛們蹣跚爬起，
又圍了上來。

「快逃，獅心王，快逃！」皇后喊道。「現在只有你能拯救這個王國了。」

「不，我不能丟下你。」

男孩一說完，立刻跳上鐵籠的後面，讓它擺動得更快。

磅！

它又撞倒一名侍衛。

「倒下四個，還剩一個！」艾弗列說道。

「不要得意得太早。」他母親說道。

但艾弗列沒聽進去，反而更用力地擺盪鐵籠。爲了製造出更大的撞擊力道，他弓起背，越盪越快。

結果太快了，大禍跟著臨頭！就在鐵籠往另一頭猛力擺盪過去時，他的手跟著作用力從鐵籠欄杆旁滑開了。

「啊！」

艾弗列發現自己飛越空中，直接掉進泰晤士河裡。

「啊啊啊啊啊！！！」

第四部

革命

32 某種怪物

嘩啦！

艾弗列直接墜入黑漆漆的水裡。

從高處墜落，力道大到他不斷地下沉再下沉。水裡又黑又冷又髒，他都不知道自己是倒栽蔥地掉下來還是整個人筆直地掉下去。他呼吸不了，拚命划動四肢，試圖浮上水面。但越急就越划不上去，艾弗列感覺到自己正被一股強勁的水流帶走，身體在急流裡不停翻滾。

碰！

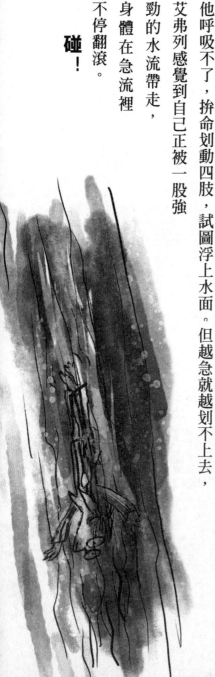

艾弗列的頭撞上了好像是磚牆的東西。一定是倫敦鐵橋在水底下的其中一座橋墩。他雖然頭昏眼花，搞不清楚方向，但他知道現在只有那座橋能救他了。強勁的水流把他往橋墩處不斷擠壓，害他動彈不得。他雙手緊緊扒住磚塊，但是磚塊很滑，覆著一層厚厚的黏液。但男孩還是設法把身體撐了上去。

呼哈！

他吸了一大口氣。他還活著！只是好景不長。

要是這個時候沒有皇家侍衛拿著雷射槍對他掃射，那就好了。

滋！

滋！

滋！

他頭上的磚塊炸了開來。

轟！

轟！

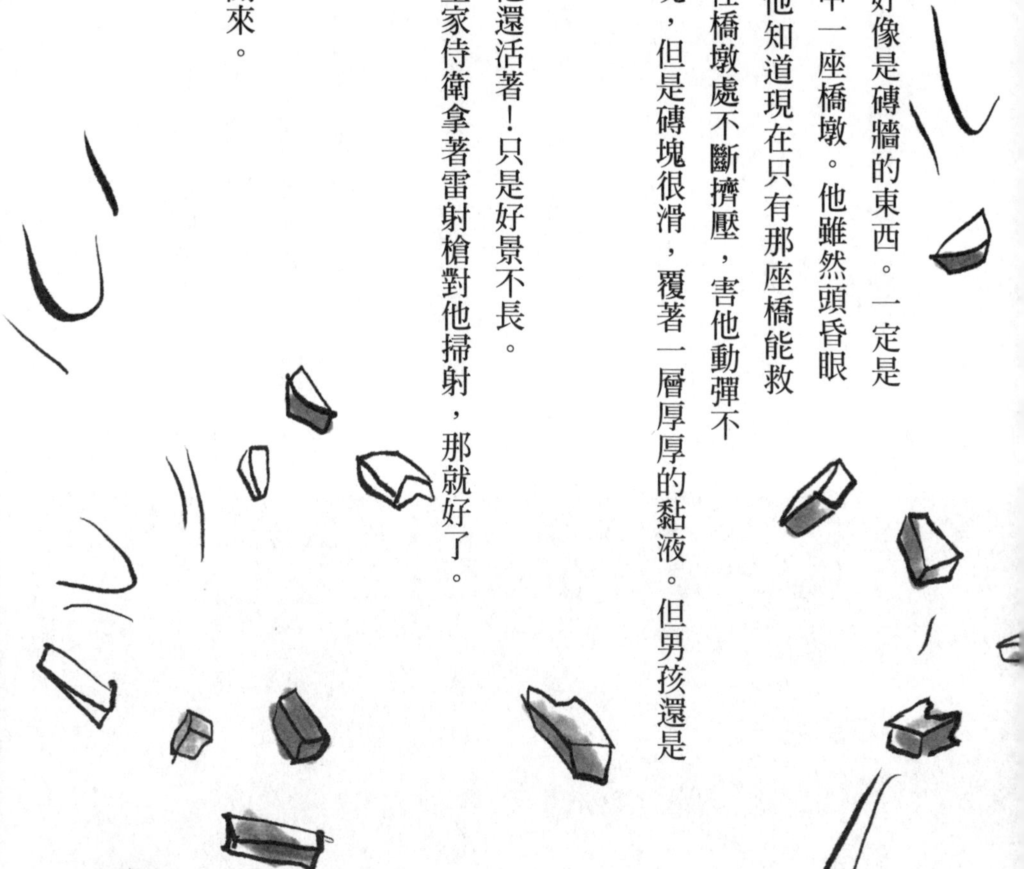

轟！

艾弗列用雙腳往後一蹬，趕緊划離磚牆逃命去。

男孩誤喝了好幾口髒水，不斷咳嗽，把水吐出來。

泰晤士河已經好多年都沒有魚兒在其中悠游。它已經不再是條河，反而像是倫敦市裡一條很大的髒水溝，就像它幾百年前的狀況一樣。

艾弗列聽見有東西在破水前進，轉頭一看，原來是皇家駁船在後面追他。

男孩游得再怎麼快，都快不過那艘船。

現在只剩下一個辦法了。

大吸一口！

艾弗列深吸一口氣。

沉入泰晤士河裡，越沉越深，越沉越深，直到他的耳膜快要爆掉。

他伸手在泥濘的河底搜找，想抓住個什麼東西。

河床宛若各種殘骸的墓場，有舊車、沉船，退潮時甚至可以看到火車車廂突出在水面之上。他找到某種金屬製的長型物，於是他將身體往下探，穿過一個像車窗的地方。游到另一頭的艾弗列這時看見他頭上有個很大的空氣氣泡。

呼哈！

他在裡頭吸了一口氣。

艾弗列靠著空氣氣泡四處摸索，這才發現這裡有成排的座椅。他不敢相信，原來他是游進一輛雙層巴士的上層車廂裡。

它以前是倫敦很有名的一種交通工具，這台曾經色彩鮮紅的巴士八成是在許多年前就從倫敦鐵橋上栽了下來，結果現在成了王子在水底下的藏身處。

男孩慢慢深呼吸，在腦袋裡默數。

一……二……三……

他一直數到兩百，才敢確定皇家駁船上的侍衛一定以爲他已經淹死，把船划走了。

這時候氣泡裡的空氣越來越稀薄。

艾弗列最後深呼吸一口……

吸！

然後就把自己推出巴士外面，浮上水面。

呼哈！

他還活著！

他把頭探出水面，四處打量。皇家駁船已經不見蹤影，男孩自覺夠安全，可以再往前游了。但是冰冷的河水害他很快就疲憊不堪，他平常體力就不好，更何況是在這種情況下。他的手臂和雙腿變得像鉛一樣重，沒多久，他就發現自己嘩啦啦地往下游咻咻咻快速移動。潮水正在沖走他，要是他不快點想辦法，一定會被沖到大海裡。

水流的速度飛快，他從泰晤士河殘破不堪的防洪閘旁邊經過，那看上去就像水裡一隻巨大的木鞋。它是兩百年前設計和建造的，當初是爲了防範洪水。

多年之後，防洪閘已經毀壞，如今只剩下一堆破損的金屬泡在水裡生鏽。艾弗列想攀住它，但水流太過強勁，又把他捲走。

「不要！」男孩放聲哭喊。

艾弗列往下游沖去，越沖越遠。但這時他感覺到水裡好像有什麼東西從他底下經過，那東西速度很快而且悄然無聲。起初他以爲是鯨魚或是鯊魚，但這不可能啊。

也許是某種怪物吧？

艾弗列嚇壞了，不管在水裡深處快速前進的玩意兒是什麼東西，他拚命踢著腿，急著逃開。

但那東西竟然追上他。

唰！

更可怕的是，它正浮出水面。

嘩！

艾弗列感覺到他周遭的水正往四面八方流洩，不管那東西是什麼，它就在他的正下方。

它上升得很快！
男孩不敢看，
只好閉上眼睛。
他就快被活剝生吞了！

33 皇家海軍艦艇權杖號

王子雙手盡量往空中抬高。也許……只是也許……他往這頭生物用力地敲下去，就會讓它沒入污濁的深水裡，再也不敢出來。

乓～

「噢！」艾弗列慘叫一聲。

這怪物竟是金屬做的。

它浮出水面，艾弗列這才發現它根本不是怪物。

它是一艘潛水艇。

而他就剛好躺在潛水艇的頂部。

它看起來像是第一次世界大戰的遺骸，一艘已經生鏽的古董級潛水艇，艾弗列訝異它竟然還能動。艦身正面繪有**皇家海軍艦艇權杖號**的字樣。

權杖號！

他在無線電裡聽過這個代號。

革命份子！

那個字樣旁邊繪有英國米字旗的圖案。

這時潛水艇的一個艙門突然打開，令艾弗列驚訝的是，探出頭來的是個老太太。她個子很高，神情驕傲，看得出來她盡可能地把自己打扮得體面：帽子、珍珠項鍊和已顯得灰灰髒髒的白色手套。

「王子殿下，艦長要求你登船。」她語調優雅地大聲說道。

艾弗列站起來，他全身溼透，冷到渾身發抖，腳步踉蹌，好不容易才走到艙門口。

「女士優先！」他說道。

「你人眞好，不過艾弗列王子，還是你先請。」老太太說道，同時打手勢請他爬下梯子，這是王子生平第一次進入一艘潛水艇。

「潛進水中！」暗處有人下令道，然後就有五、六名老太太忙不迭地執行命令，艾弗列只能動也不動地站在一群忙碌作業的老太太當中。雖然她們都年老體衰，艾弗列注意到有人戴助聽器、有人拄著助行器，甚至有人坐在輪椅上，但才短短幾秒鐘，潛水艇便沒入泰晤士河裡。

「我的老天啊，你一定是小艾弗列。」那個聲音說道。

「拜託好不好，我不小了，」他回答。「已經十二歲了。」

「從你剛學會走路，我就沒再見過你了。」聲音的主人走到光亮處，艾弗列立刻認出對方。

「姥姥！」他大聲喊道。

「正是我！」她開心地回答，伸出手臂，迎接跑過來的他。

能被一個疼愛他的人再度緊緊擁抱，感覺眞不錯。

國王的母親是在五、六年前從白金漢宮神祕消失的，老皇太后還是跟以前一樣身上都是同色系的打扮。

今天是金絲雀黃的色系，有相同顏色的帽子、手提包和長長的白手套。但就跟剛剛歡迎他上船的那位女士一樣，整套衣服已經失去昔日光采。畢竟是住在一艘老舊、滿是油污、又滿布灰塵的潛水艇裡，這種情況也是在所難免。

眼前的姥姥比艾弗列記憶中要老多了。她駝著背，皮膚蒼白、滿是皺紋，不過眼睛四周的神奇笑紋還是能讓你一秒就愛上她。

「你全身溼透了！」她說道。

「我剛在游泳啊，姥姥！」他回答。

「而你以前是如此體弱多病的！眞是沒想到。不過在一條骯髒的河裡游泳，仍然是件很蠢的事。」

「我要逃走啊！」

「是啊，我們監視倫敦塔已經有一段時間了。我們看到有個身影從頂樓跳下水，一定就是你。我必須承認，眞是太勇敢了。」

艾弗列沒有告訴他祖母那不是跳水，他是跌下來的。

「謝謝你，姥姥，」他回答道。「你們在這艘潛水艇裡做什麼？」

老皇太后笑了笑。「我們在等待適當的時機反擊啊！」

她們哪有可能反擊啊？

可能嗎？

「你不會要告訴我你是革命份子吧？」他氣急敗壞地說。

「沒錯，你眼前看到的正是革命份子。我知道我們看起來像一群很親切的老太太，正準備去當蛋糕比賽的評審。」

艾弗列再同意不過。

「但是，」老皇太后繼續說道，「我們是準備去革命的！」

所有老太太都站起來面對王子，向他敬禮。

「還有其他人嗎？」男孩問道。

「當然囉！我們只是其中一群，」姥姥繼續說道，「還有很多群。」

「可是你是皇室家族的成員！」男孩大聲說道。「你怎麼可以也參與革命？」

「革命份子集結在一起都是因爲一個相同的抱負，那就是這個曾經偉大的國家用錯了治理的方法。一定有更好的方法，更公平的方法。我們需要一個政府，我們需要有警察。我們需要讓每個人都有食物和水……無論他們是誰。權力絕對不能只掌控在一個人的手上，尤其那個人是護國公。」

「所以到底有多少革命份子？」艾弗列問道。

「很難說，護國公和他的黨羽極盡所能地打壓我們。好多年來，我們都藏在騎士橋地鐵站……」

「那裡很方便偷哈洛德百貨的東西。」其中一位老太太語調輕快地說道。

「可是就跟其他革命份子一樣，我們從藏身處被趕了出來。」

「怎麼會？」艾弗列問道。

「皇家侍衛往地道裡丟毒氣彈。我們很幸運地逃了出來，有些朋友就沒那麼幸運了。」

老太太一想起這件事，便眼泛淚光。艾弗列伸手抱住他祖母，安慰她。

「我一直好想你，姥姥。眞希望你當初沒有離開皇宮。」他輕聲說道。

「對不起，艾弗列，可是我沒有選擇。護國公指控我是叛國賊，我只是背叛他，但沒有背叛我的國王兒子。於是我和我的侍女們就像**飛車搶匪**一樣駕車逃逸了！」

「什麼？」

「我們全塞進一輛舊勞斯萊斯車裡，然後撞**破**皇宮大門！」

「不過眞的超好玩的！」其中一位老太太補充道。

「沒錯！」另一個也說道。

「我還沒幫你們正式介紹！」姥姥大聲道。「你以前一定見過這幾位女士在皇宮裡忙來忙去，但你那時還是小貝比。這位是伊妮德！」

「你好！」伊妮德尖聲說道。

「阿格莎！」

「很高興見到你！」阿格莎說道，同時屈膝行禮。

「維吉妮亞！」

維吉妮亞從輪椅上小幅度地揮著手。

「黛芬妮！」

「見到你眞高興！」

「碧翠絲！

「叫我小碧就好了！」

「茱蒂絲！」

「什麼？」老太太說道。

「我在介紹你！」

「再說一次！」

「茱蒂絲有點耳背。」

「現在兩點半了。」

艾弗列暗自竊笑。「你們怎麼會有這艘潛水艇？」

「我們偷來的。我意思是向海軍博物館『借來的』。她也是個老古董，有點像我！」

「哈哈！」艾弗列咯咯笑了起來。

「好了，艾弗列，我們需要你告訴我們，你從皇宮裡知道的情報。」

男孩擔心會被笑。「你們一定不會相信……」

「這些日子以來，已經沒有什麼事情能嚇倒我了。」姥姥說道。

艾弗列深吸一口氣，不假思索地說出來。「白金漢宮裡有一頭魔獸，是一頭全身是火的鷹獅獸。」

大夥兒默不作聲了好一會兒，時間長到都夠一艘戰艦駛過去了。

「我必須老實說，這的確有點嚇到我。」老皇太后說道。

「我就知道你不會相信我！」艾弗列抗議道。

「全身是火的鷹獅獸是什麼意思？鷹獅獸只是神話和傳說。不是真的。」

「不，姥姥，這一頭是真的，我跟你保證。護國公利用某種黑魔法讓一尊鷹獅獸的石雕像復活了。如果我們不阻止他，這頭魔獸會殺光我們的。」

老太太沉思了一會兒，她從手提包裡拿出一根細細長長的白色東西。

「那是什麼？」男孩問道。

「一根香煙。」

姥姥把香煙塞進造型優美的煙管裡，然後用牙齒咬住，再拿出火柴點燃。

啪！

難聞的煙味瞬間瀰漫空氣。

「姥姥，你在做什麼？」艾弗列邊咳邊氣急敗壞地問道。

「抽煙啊……」她深吸一口煙。「很久以前有很多跟我一樣的笨蛋都會抽煙，但是你**絕對絕對**不能抽煙。」

男孩搖搖頭。**大人都很怪，這真是一種很噁心的習慣**。

接下來，老太太拿出一個小小銀色容器，也就是懷酒壺，然後喝了一口。

「裡面是什麼？」艾弗列問道。

「琴酒，沒錯，我在喝酒。這也是另一件你**絕對絕對**不能做的事。」

「你還有什麼其他壞習慣？」男孩問道。

老皇太后又抽了一口煙，喝了一口酒。

「賭博、罵髒話、玩牌作弊、茶裡加十顆方糖、在床上吃吐司、挖鼻孔、洗澡尿尿、放屁完卻怪到別人頭上，還有在公共場合抓屁股。這些都是很糟糕的壞習慣，你**絕對絕對**不能做。」

「我保證不會，姥姥。」艾弗列回答時忍不住笑了起來。

「這才是好孩子。所以如果你說這頭魔獸是真的……」

「是真的。」

「那麼護國公比我們想像得還要可怕。」

老皇太后拿掉嘴裡的煙管，大聲一喊：「**女士們！**」

所有老太太都圍到她們的女主人身邊。

「我們一定要阻止護國公的邪惡計畫！我們要反擊……就在今晚！」

「今晚？」伊妮德緊張地說道。

「沒錯，今晚！我們要發出信號，讓全英國的人都起來反抗暴政！」

「鐘聲敲響十三下！」艾弗列說道。

「原來你也是我們的一份子！」姥姥回答。「跟我們一起革命吧！朝英國國會大廈前進！」

「可是皇太后陛下，」拄著枴杖、身材圓滾滾的阿格莎開口道。「英國國會大廈仍受控於皇家侍衛軍。從情報裡得知，他們已經加倍部署了那裡的兵力。要闖進那座鐘塔，等於是自殺。」

姥姥又長吸了一口煙。

「那麼阿格莎，就由我……老皇太后來領軍這場攻擊行動吧。」

潛水艇裡陷入沉默。

「姥姥，我沒有不尊敬你的意思，但你年紀太大，不適合從事這麼危險的任務！」艾弗列駁回道。

「絕對沒有太老就不能冒險這回事！」她反駁道。

船上的老太太們都歡呼響應。

「說得好啊！」

艾弗列環顧四周，這才發現他祖母應該有八十好幾了，但卻是這群革命份子裡頭最年輕的一個。

「我也去！」他大聲說道。

「艾弗列，我沒有不尊敬你的意思，但你年紀太輕，不適合從事這麼危險的任務。」

男孩想了一下，才大聲說道：**「絕對沒有太年輕就不能冒險這回事！」**

大家又歡呼了一次，但這次的歡呼聲比前一次還顯得猶豫。

「說得好啊！」

「這才是我的乖孫子，」姥姥說道，同時拍拍她的孫子，但拍得太用力了。

拍！拍！拍！

「伊妮德，我們現在就啓程前往大笨鐘吧！」老皇太后宣布道。

「是的，艦長！」伊妮德回答，潛水艇隨即破水前進。

34 老鼠地毯

潛水艇沿著泰晤士河蜿蜒前進，艾弗列這一路上都站在潛望鏡前面。水底下對這些革命份子來說是最好的藏身處，他們可以在不被察覺的情況下駕著皇家海軍艦艇權杖號在倫敦四處移動。沒多久，潛水艇就抵達國會大廈。這座巨大的歌德式建築聳立在泰晤士河畔，過去幾百年來，它一直是政治人物辯論當天重要議題的場所。

但現在已經**沒有政治人物**。

沒有選舉。

沒有民主。

也因此空盪盪的國會大廈宛若無人之境，唯一還在運作的只剩鐘塔，那是俗稱「大笨鐘」的所在之處。這座鐘每個小時整點報時，告訴倫敦市民現在的

時間。但因爲不管白天黑夜，倫敦都一片漆黑，所以很難判斷鐘響三下的意思是下午三點還是凌晨三點。不過它仍然是古老秩序仍在運作的最後一個象徵，如果大笨鐘還是每小時整點敲鐘報時，就會有一種一切都還如常運作的假象，這對護國公來說非常重要，所以他二十四小時派侍衛站崗守住國會大廈。

「姥姥，看見大笨鐘了！哦，我是說姥姥艦長，不對，我是說艦長。」艾弗列慌張地更正。

「水兵，做得很好，」老皇太后回答。「女士們，現在全倫敦……全英國的革命份子都在等我們的信號。等到大笨鐘敲響十三下時，便等於把信號送達方圓好幾英里外的地方，告訴大家革命開始了！」

「革命！」老太太們齊聲喊道。

「我會帶領兩位善良正直的老太太直攻鐘塔的底部。」

老皇太后攤開一張鐘塔的示意圖。

「從我們收集的情報來看，皇家侍衛是部署在這裡，這裡，還有這裡。」

她戴著手套的手指指著鐘塔底部和頂樓的幾處地方。

「我們的任務是在午夜十二點奪回鐘塔的控制權。早一刻也不行，晚一刻也不行，太早的話，侍衛會發出警報；太晚的話，就會錯過我們敲鐘的時間。我們不敲十二下，改敲十三下。等我們安全回到權杖號，再準備發射ORB。」

「ORB？」艾弗列問道。

老皇太后調皮地扮個鬼臉，然後快步走到一個巨大的金屬容器那裡，蓋子一掀，露出裡面的古董級魚雷，上面印著ORB的字樣。

「我的天啊，姥姥！」男孩大聲驚呼。突然間，他開始緊張這群老太太可能會炸了自己，而他會跟著陪葬。

「她很美，對吧？」姥姥邊說邊拍拍魚雷，但艾弗列覺得她拍得太用力了。「這一定可以把倫敦塔的側邊炸出一個該死的大洞，讓關在裡面的無辜人士重獲自由。」

「姥姥，我希望你知道你們在做什麼，」艾弗列說道。「馬麻也被關在裡面。」

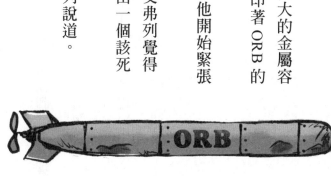

「孩子，我們當然知道！只要看看我的一流團隊就知道了！我們可是老當益壯呢！」

「萬歲！」老太太們齊聲歡呼。

她們的老當益壯只剩老，沒有壯，不過王子不敢說什麼，說了也沒用。

「伊妮德！」老皇太后喊道。

「是！艦長！」她回答。

「你跟我還有我的孫子一起來，再加上阿格莎！」

「我一定得去嗎？」阿格莎抱怨道。

「沒錯，現在，各位女士……」

艾弗列看了他祖母一眼。

「還有先生，現在就跟我走吧！」

老太太們拿起自己的手提包。

她們為什麼要帶手提包啊？艾弗列心想道。

姥姥還順手抓起一只生鏽的老電筒，帶著其他三人登上金屬梯，來到潛水艇外面。泰晤士河河水波動不已，潛水艇隨著波浪起伏不定，四個人**搖搖**

晃晃地站在船首位置。艾弗列抬頭仰望鐘塔，深吸一口氣。跟在這群逞能蠻幹的老太太身邊，他開始緊張到有點反胃了。

「孩子，你還好嗎？」老皇太后問道。

「很好，船長，我隨時準備行動。」他謊稱道。

於是老皇太后把一根尾端有鉤子的繩索來來回回甩了幾次，然後用力往上一拋。

嘍！

鉤子鉤住了國會大廈的窗台。

喀啷！

姥姥扯動了一下，確定沒問題後，對自己的本領很是得意地斷聲說道：

「眞是寶刀未老啊，好了，各位女士……呃，還有先生，跟我來吧。」

三位老太太一個接一個地利用這條繩索攀上邊牆。阿格莎攀登時，還把她的枴杖咬在嘴裡，活像海盜咬著一把彎刀似的。艾弗列殿後，沒多久，他們就發現已經進入下議院荒廢的會議廳裡。

王子曾在歷史書裡看過這地方的照片。過去，這裡到處都是政治人物，現在全被洗劫一空。窗戶被砸破，向來獨具一格的綠色皮製長椅也被撕爛，發言人的椅子翻倒在地。艾弗列低頭看著地板，發現怪怪的。

「那個地毯，」他低聲道，「會動。」

老皇太后回答：「全是老鼠。」

有一大群老鼠正在地板上蠕動……數量多達成千上萬隻。

「我們快離開這裡。」男孩小聲說道。

姥姥看了一下她那小小的金錶，「距離午夜只剩十分鐘，前進！」

她做了個手勢，上氣不接下氣的伊妮德和阿格莎立刻跟上。

他們在國會大廈裡經過一條又一條的走廊。每到一處地方，就有老鼠四散奔逃。

唰！

嗖！

啾！

一路上都沒有人說話，直到老皇太后撞進她以爲是網子的某種東西。

「救命啊！」她大喊。

那東西懸在兩面牆中間，將她纏住，其他人趕緊幫忙解開，才知道那是什麼。

「是蜘蛛網。」艾弗列說道，同時從他祖母身上拉掉。

「這裡已經很多年沒有人敢下來了，」老皇太后邊咕噥，邊撥掉肩上一隻大蜘蛛，活像在撥掉頭皮屑一樣。「繼續前進！」

他們往前挺進，唯一的光源只有她手裡那把生鏽的老電筒。就在他們快走到走廊的一處轉角時，老皇太后手指堵在嘴巴前面。

「這是什麼意思？」伊妮德問道。

「親愛的，是要你別出聲。」阿格莎說道。

「噓！」艾弗列噓她們。

「哦，」伊妮德大聲說道，「我們快到了嗎？我想要小便！」

「**噓！**」大家同時噓聲回答。

然後老皇太后按了一下手電筒的開關，把它關掉。

喀！

她放慢動作……盡量不出聲……繞過牆角偷看。艾弗列也學她一樣。遠處隱約有幾個人影。仔細查看下，發現那是兩名皇家侍衛。他們正守著通往鐘塔的那扇大門。

老皇太后輕輕地把手電筒放在地板上朝他們滾過去。

喀噠！喀噠！喀噠！

兩名侍衛朝手電筒走過來，低頭查看。老皇太后這時給了個信號，伊妮德和阿格莎兩位老太太立刻領命，朝侍衛衝過去。

「衝啊！」

她們拿手提包狠打他們的頭。

乓！

砰！

磅！

難怪她們需要帶手提包。

伊妮德和阿格莎趁侍衛還在昏頭轉向時，

試圖搶下他們手裡的雷射槍。

一陣混亂下，雷射光束從雷射槍裡射了出來，擊中牆壁和天花板。

滋！

滋！

滋！

嗡！

轟！

轟！

阿格莎八成被打中了……

滋！

只見她瞬間倒在地板上。

蹦！

老皇太后從背後抓住其中一名侍衛，扳動他手裡的雷射槍，瞄準他的同伴，艾弗列也有樣學樣，於是精采的一刻來臨了，兩名侍衛互相射對方……

滋！

滋！

雙雙倒地不起。

砰！

蹦！

他們趕緊回頭查看阿格莎。

「阿格莎？阿格莎？」老皇太后喊道，同時輕拍這位老太太的臉。「醒來！快醒來！哦，親愛的，拜託你快醒來。你才九十二歲而已，還沒到你該走的時候。」

拍！

啪！

拍！

可是不管再怎麼拍她的臉，阿格莎還是沒醒來。老皇太后流下淚水，意識到一切為時晚矣。

35 低處恐懼症

老皇太后帶領他們進行禱告。

「願主好好照顧這位隕落的英雄。我的侍女阿格莎總是在我左右，不是幫我捧著多餘的花束，就是遞給我護手霜，或者在我放出特響的屁時，代我受過，假裝是她放的。」

她想讓她的老友安息，於是伸手想闔上她的眼睛，阿格莎卻突然驚醒。

「你戳到我的眼睛了！」她抗議道。

「你還活著！」老皇太后大聲說道。

「我當然還活著！看在老天爺的份上，快扶我起來！」

艾弗列、伊妮德和老皇太后連忙把阿格莎拉起來站好。

「事實上，我還有點頭暈，我可以再躺一下嗎？」

「沒有時間了，」老皇太后不客氣地回答。「艾弗列？」

「姥姥，什麼事？」

「去搜侍衛的身，把鑰匙找出來。」

艾弗列使盡力氣把其中一名侍衛的身子翻過來，結果在他的皮帶上找到一串鐵製的老舊鑰匙。

「找到了！」他說道，同時舉起來。

叮！叮！鈴！

「幹得好！」她回答。她的孫子得意到整張臉發亮。

老皇太后和伊妮德持著雷射槍，在艾弗列的領隊下，走向走廊盡頭的那扇門。

門上寫著鐘塔兩個字。

艾弗列把鑰匙插進門鎖裡，成功了……

喀答！

門開了。

艾弗列躡手躡腳地走進去。男孩不知道爲什麼站在低處也會恐懼，反正當他抬頭望著那道通往鐘塔、看似無止盡的階梯時，立刻頭暈目眩了起來。

總共有**三百四十二階**！以前他絕對不可能爬得了這麼多階梯，但現在感覺好像可以爬得上去。他帶頭往前衝，老太太們心情沉重地跟在後面。他們必須悄悄地爬上去，因爲可能有更多侍衛部署在更高的地方，

快到頂樓時，正巧經過巨型時鐘的鐘面。它看起來像月亮一樣大，在墨黑夜空的映襯下，也跟月亮一樣明亮。艾弗列驚嘆到不能自己，然後才發現只差幾分鐘就要午夜十二點了，沒時間可以浪費了。他們繼續往上爬，可是就在快到大笨鐘的那個房間時，一如所料地看見還有兩名侍衛守在門口。

「把這拿給阿格莎！」皇太后低聲道。正當她把雷射槍遞給他時，艾弗列竟失手沒接住，雷射槍從他手裡滑了下去。

然後就像慢動作一樣，朝梯井掉了下去，

一開始沒有聲響，接著無可避免地……

框啷！

槍身不停打轉，撞上欄杆。

喀啷！

又撞一次！

框啷！

就這樣一路碰來撞去，最後跌落到最下面的地板上。

框蹦！

先是短暫的異常靜默，隨即上面的皇家侍衛馬上採取行動，拿起雷射槍掃射下面的闖入者。

滋！滋！滋！

36 噹！

艾弗列和三位老太太貼著鐘塔的牆面，躲開掃射範圍。

滋！滋！滋！

喔咿——喔咿——喔咿——

警報聲震耳欲聾地響起，事跡敗露了！

「我們快跑回潛水艇！」伊妮德音量蓋過警報聲喊道。

「不行！」艾弗列說道。

「絕對不能投降！」老皇太后大聲說道。

說完，她就從伊妮德那裡接過僅剩的一把雷射槍，一路往上衝，戴著手套的手也一路拿起槍桿對準階梯上方掃射。

滋！滋！滋！

艾弗列從下方看見其中一名皇家侍衛跌下樓梯井，另一名也跟著跌下去，驚恐之餘的他不免對姥姥敬佩有加。

框唧！

喀唧！

蹦！

磅！

「繼續前進！」老皇太后一邊大聲喊道，一邊把雷射槍當成一把劍在頭上揮舞。「自從英國皇家賽馬會上有人裸奔之後，就沒玩得這麼開心過了。」

艾弗列和兩位侍女跟上，在皇太后身後做好準備，等她用雷射槍炸開鐘樓的大門。

滋！

蹦！

煙硝一散，就看見雄偉的大笨鐘出現在眼前。這座銅錫製的巨鐘，比一台雙層巴士還重，現在正等著巨錘來敲響它。

在大笨鐘鐘響之前，會先有四個小鐘以較小聲的曲調報時。

答滴嘟嚕！答滴嘟嚕！答滴嘟嚕！答滴嘟嚕！

然後鐘聲開始響起。

噹！

「快去鐘錘那裡！」老皇太后下令道。

噹！

巨大的鐘錘就在大笨鐘旁邊。

噹！

就連接在一根能在大鐘四周活動的金屬臂上。

噹！

機械式地擺動敲擊那座鐘。

噹！

「見鬼了，我們要怎麼讓它敲十三下啊？」伊妮德問道。

噹！

「我想我有辦法！」艾弗列回答。

噹！

男孩跳了上去，爬上那根金屬臂。

噹！

他立刻驚覺到這裡的聲音餘波驚人，開開始始始始好好好奇奇奇他他他要要要怎怎怎麼麼麼抓抓抓緊緊緊它它它。

噹！

他整個身體都在抖抖抖抖抖抖～

噹！

但艾弗列還是想辦法抓緊金屬臂。

噹！

「現現現在在在敲敲敲幾幾幾幾下下下下了了了了？」他大喊道。

噹！

「十二下！」姥姥回答。「快敲啊！」

男孩滑到鐘錘上，靠自身的重量擺動它。

噹！

耶！他辦到了！大笨鐘敲了十三下！信號發送成功！革命的時間到了！

艾弗列笑得合不攏嘴，哪怕被聲波貫穿他全身，頭還在不停地**抖抖抖抖抖**。他跳下金屬臂，回到平台。

「小王子，做得好！」姥姥大聲說道，同時抱住他。

「謝謝你。」艾弗列回答。

「這個鐘聲會讓全倫敦都聽到，革命的消息就會傳遍整個國家。革命已經開始了！」

「萬歲！」伊妮德和阿格莎大喊道。

但好景不長。

四個人一轉身就看見他們被整排拿著雷射槍的皇家侍衛當靶子瞄準。

這下完了。

37 熱燙的屁屁

其中一名侍衛用手示意老皇太后把武器放下。

其他三人看著她。

姥姥不是笨蛋，

立刻把那把雷射槍丟在地上。

喀噠！

另一名侍衛緩緩趨近，

拾起那把雷射槍，其他

侍衛則跟之前一樣仍然保持

不動，持著武器瞄準他們。

這時一個侍衛揮手示意要他們從鐘樓裡出來，走下樓梯。

沒多久，這四個人就來到大笨鐘鐘面旁邊的小房間裡，鐘面的指針是靠它後面一根巨型的黑色桿子在轉動，他們剛好從那根桿子底下經過。

阿格莎當時仍拄著枴杖走，艾弗列突然靈機一動。

叮！

「借我一下。」他斷聲道，阿格莎二話不說地遞給他。

他一經過桿子，突然跳上他祖母的背，拿枴杖頭鉤住桿子，再整個人往侍衛的方向盪過去。

呼咻～。

他的腳撞上第一個侍衛的頭盔。

框啷！

然後侍衛們就一個接一個地連環撞在一起。

框隆！框啷！框隆！

全都跌成一團。

「快逃！」老皇太后下令道。

他們拔腿就跑，但速度其實不快，好不容易才全逃出鐘室，甩上後面的門。

咖蹦！

蹦！蹦！蹦！

侍衛們接連撞門，阿格莎抓起枴杖，戳進門鎖，將它鎖死。

轟！

老皇太后從欄杆上面往下看，發現樓梯底下有更多侍衛等著抓他們。

滋！滋！滋！

嗡～

他們身後的門被炸開了。

「我們困住了！」姥姥說道。

「我有個點子！」艾弗列說道。「跟我來！」

他爬上扶手欄杆，開始以最快的速度往下滑。

咻咻咻！

三位老太太一個接一個地滑下去。

呼！

咻！

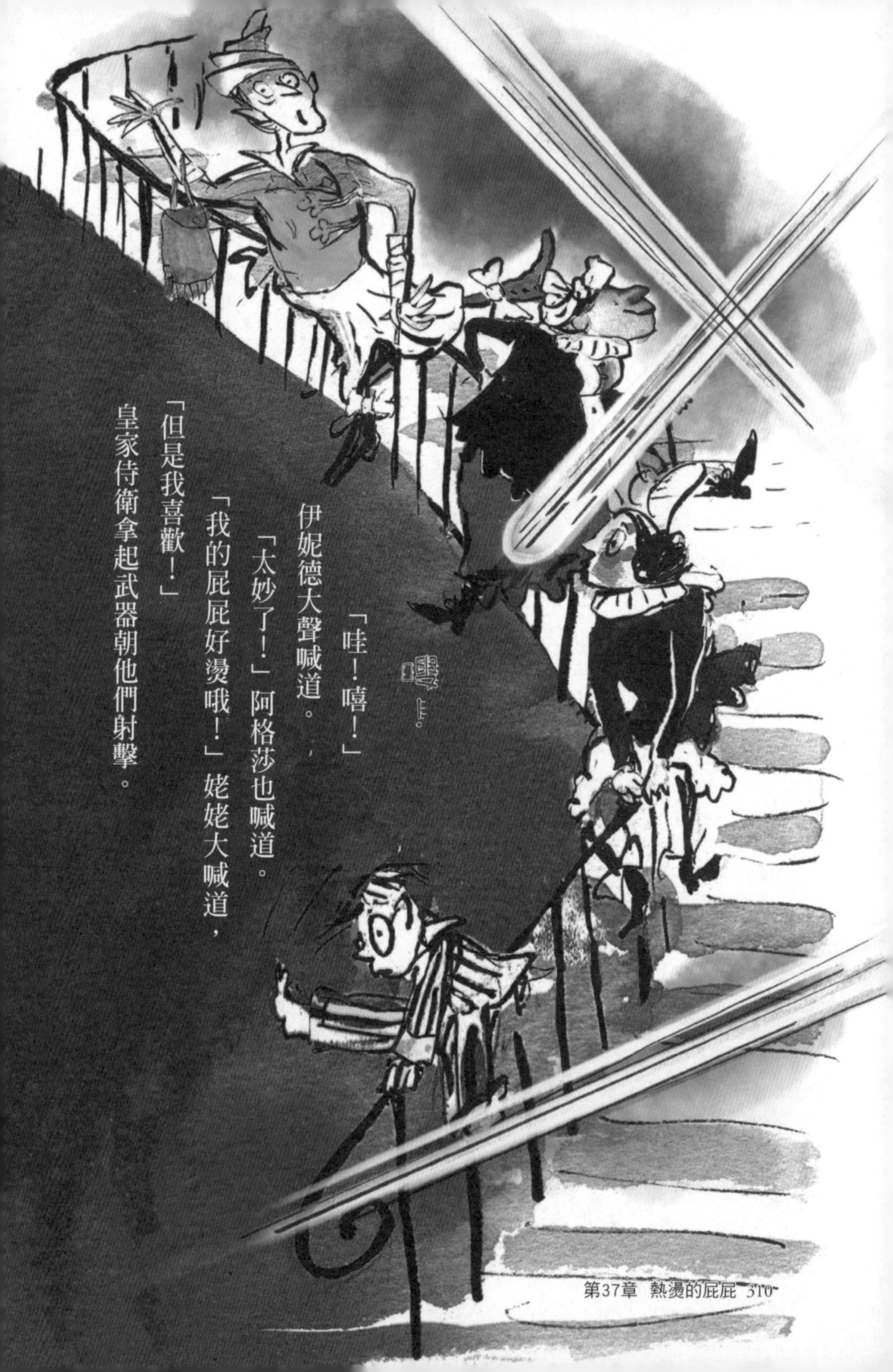

「哇！嘻！」

伊妮德大聲喊道。

「太妙了！」阿格莎也喊道。

「我的屁屁好燙哦！」姥姥大喊道，

「但是我喜歡！」

皇家侍衛拿起武器朝他們射擊。

滋！
滋！
滋！

但是他們下滑的速度快到根本不可能被擊中。

反而是牆上的灰泥不斷被打爆。

轟！轟！轟！

樓梯底下的侍衛們註定得倒大楣了。

咻！

艾弗列倏地朝他們飛了過去，撞上他們。

框隆！框啷！框隆！

蹦！蹦！蹦！

三位老太太從他們身上跨過去，爭相跑出鐘塔，回到國會大廈，再沿原路回去，繞著迷宮一樣的走廊，進入會議廳，終於抵達當初被他們砸碎玻璃、爬進來的那扇窗戶。

「快走！快走！」老皇太后下令道，自己殿後。

這四人滑下繩索，

重新登上皇家海軍艦艇權杖號。

「姥姥，我們成功了！」男孩說道。

「你成功了，艾弗列！」她回答道，

「現在去倫敦塔！」

但就在他們趕忙鑽進潛水艇裡時，

天空有東西從烏雲裡現身，朝他們陰森逼近。

是飛船！

「完了！」艾弗列說道。

多道雷射光像大雨一樣從天而降。

滋！

滋！

滋！

老皇太后被擊中後背。

「啊！！」她慘叫一聲，

臉朝下地掉進黑水裡。

嘩啦！

「不~~~~~」艾弗列放聲尖叫。

38 生與死

姥姥臉朝下地浮在水面上。艾弗列衝到潛水艇的側邊，但飛船不斷用雷射光掃射權杖號。

滋！滋！滋！滋！滋！

嗡！嗡！嗡！嗡！嗡！

「姥姥～」他哭喊著，並試圖滑進水裡去救她。

伊妮德把他硬拉回來。

「我知道你愛她，但你現在幫不了她。」她央球道。「快進去，免得你也被炸成碎片。」

「不要！」男孩哭喊。

滋！滋！滋！滋！滋！

嗡！嗡！嗡！嗡！嗡！

「**快跟我進去！**」伊妮德下令道，同時死命地把艾弗列拖進潛水艇裡，雷射光像大雨一樣落在他們四周。

「姥姥！」

滋！滋！滋！滋！滋！

嗡！嗡！嗡！嗡！嗡！

一進入船艙，更多雷射光擊中的權杖號，船身不停晃動，隨即加速離開。

滋！滋！滋！滋！滋！

嗡！嗡！嗡！嗡！嗡！

艾弗列滿臉淚痕。

「我不相信姥姥死了。」他嗚咽道。

「老皇太后死得其所，」阿格莎熱淚盈眶地說道。「她是英雄。」

「像英雄一樣光榮死去，總比當一個苟且偷生的懦夫來得好。」伊妮德忍住淚水，哽咽說道。

「他們是從後面暗算她！」艾弗列說道。

「但她始終昂首不屈！」心亂如麻的伊妮德說道。「要緬懷她的最好方法就是完成她的使命，我們必須拯救這個國家。艾弗列王子，我代表在場所有女士在此正式宣布，從現在起，我們矢志爲你效力。閣下，一切唯你是從。」

她們全都看著男孩。艾弗列深吸一口氣，他還沒有準備好面對這一切，一點準備也沒有。他只有十二歲，而且還穿著睡衣，可是現在該是他接受天命的時候了。

「出發前往倫敦塔！」

所有老太太都趕忙回到自己的崗位上。艾弗列站了起來，用袖子擦乾眼淚，走到潛望鏡那裡。他費了好大的力氣才讓自己站穩，不因悲傷過度而倒下。他從來沒有這麼心痛過。

「閣下，看到目標了嗎？」阿格莎說道。

「沒錯，看到倫敦塔了。」男孩回答道。

「我們要裝上魚雷了嗎？」伊妮德問道。

艾弗列低頭看著已經準備就定位的ORB。他遲疑了，他的母親仍被關在倫敦塔裡。

「你們有把握這玩意兒不會把那整個地方都炸成**碎片**嗎？」

「只會炸出一個洞，閣下。」伊妮德回答。「一個很大的洞，但它只是一個洞，是用來推翻暴政的，不是炸掉這座城市。」

「而且所有囚犯都已經聽到十三下的鐘響聲，」阿格莎補充道。「他們知道革命已經開始了。閣下要我們怎麼做？」

艾弗列生平第一次發現他的手裡握著生死大權。他的肩上扛著王子的責任，也扛著指揮手下的領袖的責任……哦，不，是指揮老太太們。

「裝上魚雷！」他下令道。

老太太們手忙腳亂地扛著沉重的魚雷，艾弗列趕緊過去幫忙。這顆魚雷就跟這艘潛水艇一樣遠在第一次世界大戰的時候就有了，它看起來破舊不堪，艾弗列不免懷疑它能炸出一個洞來嗎？畢竟它已經兩百歲了。

阿格莎才把它從托架上抬起來，便突然大聲喊道：「完了，背要斷了。」

魚雷從她手裡滑了下去，就要撞上地板……天知道它會不會……**蹦？**

艾弗列即時接住它。

「呼！好險！」伊妮德喊道。

「呼！眞的好險！」男孩附和道。

然後他們很小心地將魚雷裝進雷管裡。

「ORB 的發射準備就緒！」阿格莎喊道。

艾弗列吞了吞口水，隨即放聲喊道：**「發射！」**

但這時……

沒有動靜。

一點動靜也沒有。

連個鬼影都沒有。

什麼也沒有。

「不好意思，」阿格莎說道。「我好像忘了打開保險栓。」

她打開保險栓。

喀！

「小傢伙，好了，準備好了！」

「發射！」艾弗列再度下令道。

這一次他感覺得到有動靜出現。整艘潛水艇都在咯咯作響。然後……

蹦！！！

魚雷從雷管射了出去。

艾弗列透過潛望鏡，隱約看到它正在水裡往前衝。

唰！

然後就……

卡蹦！

正中倫敦塔，爆了開來。

那棟古老建築瞬間著火，煙霧瀰漫河面。艾弗列隔著煙霧，隱約看到幾個人影跳進水裡。

「浮上水面！」他下令道。

潛水艇一上去，艾弗列便爬上梯子，跳上船身。好多囚犯正從著火的建築跳進泰晤士河裡，他急切地在他們當中搜找他母親的身影。

啪！

唰！
嘩！
大部份的人都往河的對岸游去，
這時艾弗列瞄到有個身影游在眾人後面。
他記得他母親的泳技不是很好，
於是他趕忙跳進水裡……
嘩啦！
朝她游了過去。
「馬麻！」他喊道。
「獅心王！我就知道是你救了我！」她回答道。
她浮在水面上，將他抱緊。
「我愛你。」他說道。
「我也愛你。」
皇后把她兒子抱得更緊了，兩個人的頭瞬間沒入水中。
咕嚕！咕嚕！咕嚕！

「你差點把我淹死了！」艾弗列大聲說道。

「不好意思哦，我只是太愛你了。」

「來吧！」艾弗列說道，隨即牽住她的手，一起游向潛水艇。

他們游到船身那裡，撐起身子爬了上去。

「姥姥呢？」他母親問道，同時環顧四周。

艾弗列搖搖頭，他不忍說出來。

「她死了？」她問道。

男孩點點頭。

「不！」皇后淚水盈眶。「不，親愛的姥姥不可以死。她是怎麼死的？」

「背後中槍。」

「對不起，我知道你很愛她。」

「是啊，我真的很愛她。」

「我也知道她很愛你。你跟奶奶有同樣的血脈，永遠不要忘記這一點。」

「我不會的，馬麻。」

就在這時，水裡有個細小的聲音在呼喊。「不……不……要忘了……我我我~！」

艾弗列瞇起眼睛，查看是誰。

「小小！」他喊道。

他和皇后合力把她從水裡拉起來。

「謝了，」小女孩說道。「我還以爲我死定了。」

雷射光又開始在他們四周炸開。

滋！滋！滋！滋！滋！

嗡！嗡！嗡！嗡！嗡！

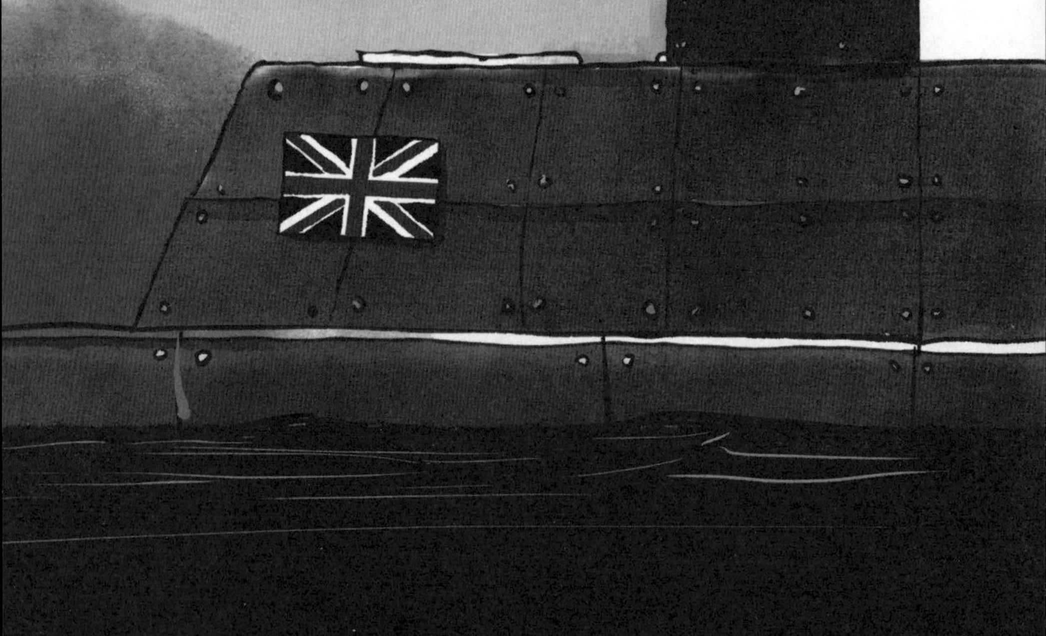

權杖號加速駛離著火的倫敦塔，三個人緊緊抱著船身。

艾弗列突然敬禮。

「再會了，姥姥！」他說道，她的屍體正緩緩往下游漂去。

39 大卸八塊

倫敦市民都從藏身處跑了出來，擠在河岸邊。

他們已經聽到大笨鐘鐘響十三下。

他們已經做好**革命**的準備！

一看到潛水艇在泰晤士河上乘風破浪，船身上還飄著一面英國米字旗，整個倫敦頓時歡聲雷動。

「萬歲！」

窮人、餓肚皮的人、無家可歸

的人，他們在暴政底下恐懼太久了，現在是群起反抗的時候了。他們全都高舉著英國米字旗，不停揮舞。

站在潛水艇船身上的皇后使用擴音機向大家喊話：「**該是時候結束護國公的獨裁專政了！我們將扯掉鷹獅獸的旗子，換上這個偉大國家的國旗！**」

「萬歲！」

一名印度裔的矮胖男子從河岸邊這樣大聲喊道。他正揮舞著一只很舊的棉花糖袋子，嘴裡喊著：「有人要好吃的棉花糖嗎？有特別優惠哦！」

那是未來版的拉吉！他就跟平常版的拉吉一模一樣，只是他賣的是過期

更嚴重的糖果糕點。

「親愛的，保持微笑和招手。」皇后提醒道。「這是皇室的禮儀，保持微笑和招手。」

不習慣公共場合的艾弗列，只好乖乖聽他母親的話，哪怕他覺得這樣有點蠢。

滋！滋！滋！

但更蠢的是，竟有更多雷射光從上面的飛船射下來，擊中潛水艇。

嗡！嗡！嗡！

護國公的飛行機器正在追捕他們。

「快！快進去！現在就進去！」男孩喊道，他拉著他母親和小小的手，躲到權杖號裡面。

老侍女們趕緊爲這兩位新來的客人拿來毯子，將她們包住。

「我上次見到你的時候，奶媽正要帶你去皇宮的廚房拿巧克力，」艾弗列

開口道。「怎麼反而被關在倫敦塔呢？」

小女孩冷到全身發抖。「我沒……沒……**沒拿……拿到到巧……巧……巧克克力～！」**

「沒拿到？」

「我等了又又等……等。然……然後……我只只知道屋……屋……屋裡裡都……都是侍……侍……侍衛！」

皇后仔細聆聽他們的對話。

「好奇怪哦。」艾弗列說道。

「是……是……是嗎？」小小問道。

這個小女孩是不是知道什麼他不知道的事？

「是啊，」皇后加入對話，「是很怪。奶媽這輩子都在皇室服務，負責照顧我的小獅心王。」

她說完，就一臉慈愛地看著她的兒子，摸摸他的頭髮。

在女孩面前被母親這樣搓揉頭髮，艾弗列總覺得很彆扭。

「我一……一點……點點……點也……不……不相信她。」

小小說道。

男孩陷入思考。

實在很難解釋一些關於奶媽的事情。

自從他早餐不再吃粉粉蛋之後，爲什麼就覺得比較有體力了？

爲什麼奶媽堅持把他鎖在房間裡？

爲什麼她硬是不肯相信那尊鷹獅獸雕像曾被拿去進行某種儀式？哪怕他已經在上面找到他父親的血跡？

艾弗列的腦袋一出現這些念頭，就馬上把它們甩開。他從小是奶媽帶大的，國王也是，她怎麼可能參與護國公的邪惡計畫呢？艾弗列記得他最後聽到的消息是，那個壞蛋正在訊問她！

「艦長，現在要去哪裡？」伊妮德問道，順道把他從思緒裡拉了回來。

「白金漢宮！」王子回答。「全速前進。我們必須搶在全倫敦市民衝進去之前，先趕到那裡。」

「天哪，沒錯，」皇后附和道。「我擔心憤怒的暴民恐怕會把我的丈夫大卸八塊。他們一定會把暴政怪罪在國王頭上，而不是眞正的罪魁禍首護國公。」

「我們一定要救國王。」王子大聲說道。

「全速前進白金漢宮！」阿格莎大喊道。

艾弗列在潛望鏡前面就定位。他透過潛望鏡查探到有很多皇家侍衛已在西敏寺橋上就定位。如果他們這時從潛水艇裡出去，一定會被殺得片甲不留。

「該死！」王子說道。「我們沒辦法接近皇宮。」

「根本不可能接近。」皇后附和道。

老太太們也都低聲應和。

小小開口說話了。「不會不可能啊，我知道有一條路可以進去。」

「該不會是……」艾弗列正要開口。

「我游進去的那條地鐵隧道啊！」女孩大聲說道。

「可是潛水艇進得去嗎？」

「應該進得去，」她回答道。「這東西的尺寸跟以前的老地鐵車廂差不多。我只需要告訴你們那條隧道在泰晤士河的哪裡就行了。」

伊妮德攤開倫敦地圖，小小想辦法要看懂它，最後她指著地圖上的一個點，大聲說：**「這裡！就在倫敦眼的正對面！」**

老太太們都圍上來研究那張地圖。

「就在那裡，水底深處有一個超大的洞，一定是爆炸的時候炸出來的洞。那裡就是通往地鐵隧道的地方。」

所有老太太都在搖頭。

「怎麼了？」小小問道。

「你不可能把一艘潛水艇開進皮卡迪利地鐵線裡！」伊妮德大聲說道。

「如果夠寬，爲什麼不行？」艾弗列問道，「要是不開進去，我們只會變成皇家侍衛的練靶對象而已。」

「這是一個大膽的假設。」阿格莎喃喃說道。

「聽著，」艾弗列開口道，「我們沒有時間爭論這一點了。我們都知道，鷹獅獸就要毀掉整座倫敦城了！」

老太太們開始咕噥附和。

「王子說得沒錯。」伊妮德說道。

「女士們，」阿格莎開口道。「我們行動吧！」

「前往地鐵站！」艾弗列下令道。

「真不愧是我的好兒子！」皇后自豪地說道。

不一會兒，權杖號就破水前進，出發前往地鐵隧道。

他們利用古老的雷達……

嗶！嗶！嗶！

找到了洞口的確切位置。

剛剛好比權杖號**寬**一點。

這需要靠專家的導航，才不會害潛水艇塞在裡面動彈不得。萬一權杖號被卡住，所有人都會被困在裡面，慢慢地……痛苦地……死去。

「抓緊了，女士們，」王子喊道。

「我們要進去了！」

咚！

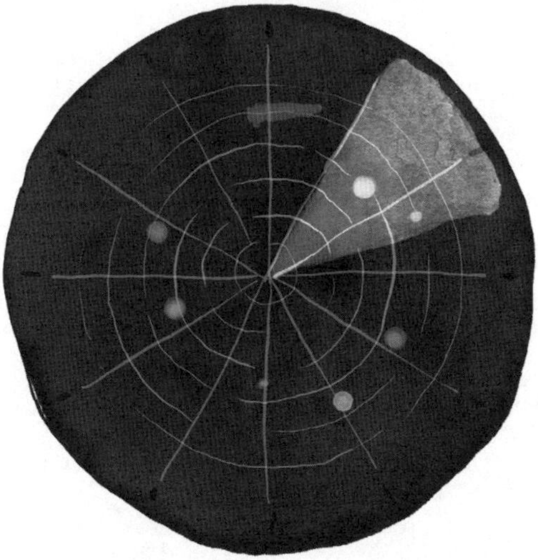

潛水艇擦到隧道入口，劇烈抖動了一下。

所有眼睛都望向王子，王子正盡最大的努力保持冷靜。

隆～

又撞到了。

「穩住！」他下令道。

伊妮德緊緊抓住舵輪，斗大的汗珠從眉間滴落。阿格莎拿起蕾絲手帕幫她擦汗。

咚！

又撞一次。

「穩住！」

潛水艇開始進入地鐵隧道。

「萬歲！」女士們齊聲歡呼。

計畫奏效了。

權杖號正逐步接近皇宮。

這時……**框啷框啷隆～！**

潛水艇搖晃了一下竟停住了。

更甚恐懼的是，他們被卡住了！

「後退！」王子下令道。

結果出現震耳欲聾的摩擦聲。

咯咯咯咯咯～！

但是潛水艇無法動彈。

隆隆隆！

「前進！」

還是一樣，只有那震耳欲聾的聲響。

咯咯咯咯咯～！

隆隆隆！

「後退！」

咯咯咯咯咯～！

隆隆隆！

它就是不動。

這時一瞬間，整艘潛水艇沒入黑暗。

船上的燈全都熄了。

他們死定了。

40 死定了

「大家保持冷靜！」王子指揮道。但沒什麼用，恐慌的情緒像野火燎原在潛水艇裡漫開來。

「冷靜？！」伊妮德大聲說道。

「我們卡住了！」她檢查供給氧氣的刻度盤。「我們只剩一個小時，空氣就會用光。」

「拜託大家保持冷靜。」艾弗列央求道。

「你剛已經說過了。」

「都是我出的餿主意。」小小說道。「都怪我，不要怪他。」

阿格莎找到老皇太后留下的一盒火柴盒，點了

一根火柴。

啪！

這點火光至少讓潛水艇內部有了一點亮度。

但……一波未平，一波又起！

他們突然聽到權杖號的船體嘎吱作響。

咚隆咚隆咚隆！

聽起來這艘古董級潛水艇好像正要斷成兩半。

「啊！！！」

「不！！！」

「救命啊～～～」

黑暗裡，尖叫聲四起。

「哦，馬麻，我失敗了。」艾弗列吸吸鼻子。

皇后在黑暗中伸手摸找她的兒子。

「別這麼說，」她回答，隨即緊抓住他的手。「這一切還沒結束，一定有辦法可以逃出潛水艇。」

「我眞的眞的很抱歉。」小小說道。

「過來這裡！」伊妮德下令道。

阿格莎拿著閃爍不定的火柴，走到梯子那邊。伊妮德拿起斧頭，登上梯子，敲敲打打了好一會兒……

框啷！

框隆！

鏘啷！

她爬下梯子，朝皇后轉身。

「對不起，皇后陛下，你錯了，」伊妮德難過地說道。

「我們從裡面根本打不開艙門，完全沒有辦法逃出潛水艇。」
「所以我們死定了？」阿格莎問道。
「是的，親愛的，我們死定了。」伊妮德回答道。
「都是我的錯。」小小說道。
大家默不吭聲了一會兒，王子才又打破沉默。
「魚雷發射器！」他大聲說道。
「你說什麼？」伊妮德回答。
「如果你能發射魚雷，也許也可以把我發射出去！
「荒唐！」
「胡說八道！」
「這孩子已經失去理智了！」老太太們咕噥道。
「這不荒唐！」艾弗列回嗆道。「我的身材尺寸跟一顆魚雷差不多。」
艾弗列的個子比同齡孩子來得小。
「這太危險了！」他母親大聲說道。「必死無疑。」
「可是待在這裡也是必死無疑……」艾弗列推論道。

「從炮管裡被射出去，更加必死無疑。」伊妮德評論道。

「都必死無疑了，怎麼還能比較啊？」男孩反問道。

這考倒了伊妮德，於是閉上嘴巴。

阿格莎把話接了過來。「不好意思，我想我的侍女同事她的意思是說，從雷管被射出去，是一種更快的死法。不過這也是在賭運氣，要是你沒死，就有機會從外面打開艙門。」

「身為你們未來的國王，」艾弗列王子隆重地宣布，**「我願意賭它一把。」**

「我也願意！」小小說道。

「你很煞風景欸！」他抱怨道。「我正在展現我的尊榮與英勇。」

「我管不了那麼多。你聽我說，我很會游泳，讓我一起去！我幫得上忙！」

「好吧，好吧。」艾弗列回答。

「這才是我的好孩子。」皇后說道。

「太好了，那我建議你的女朋友……」阿格莎開口道。

「她不是我女朋友！」男孩怒氣沖沖地說道。

「他不是我男朋友！」女孩也怒氣沖沖地說。「我寧願吃掉我自己的腳，也不要跟他約會！」

「我也寧願吃掉我的……」艾弗列絞盡腦汁，有什麼東西比腳還難吃？……「屁股！」

伊妮德被這不雅的文字給嚇得快要昏倒。阿格莎趕緊掏出一瓶嗅鹽，在她朋友鼻子底下揮了揮。

「我建議讓你這個剛好是女生……」阿格莎繼續說道，「但又絕對不是你女朋友的朋友……先發射出去。」

「耶！」小小得意洋洋地大聲說道。

「因爲她從雷管裡被射出去的時候可能就先被炸成碎片了。」

「哦，」女孩說道。「王子，我想了想，還是你先吧。」

「我？」男孩說道。

「是啊，畢竟你出身皇室嘛。」

說完，她做了一個很誇張的手勢，模仿皇室繁文縟節的行禮方式。

在火柴的火光下，艾弗列眼裡的驚慌無所遁形，但也只能低下身子進入雷管。伊妮德向他解釋要怎麼從外面打開艙門。

「你逆時鐘地轉動左邊的操縱桿。」男孩點點頭……他大概聽懂了。

「準備發射魚雷……我是說發射男孩！」伊妮德大聲說道。

「獅心王，我永遠愛你。」皇后低聲道。

「我也愛你，馬麻。發射吧！」

蹦！

咻！

艾弗列被射出了潛水艇。

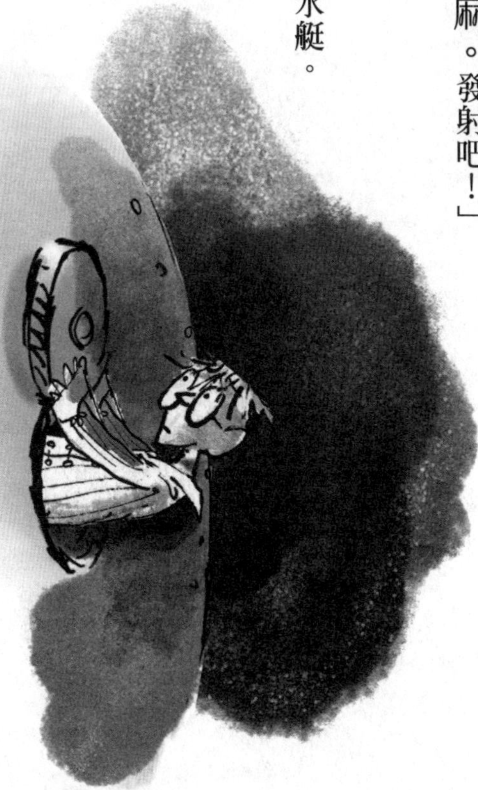

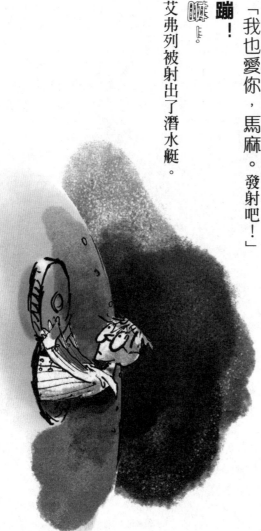

41 人體魚雷

呼咻——————————————！

艾弗列在水中推進的速度快到他以爲自己可能衝到外太空去。地鐵隧道裡的水域漆黑一片，他根本不知道他是由上往下衝還是由裡往外衝。

他把兩隻手像扇子一樣打開，試圖減速下來，但沒有用。

碰！

艾弗列的身體撞上水裡的一堵牆。

他痛得擠眉皺臉，但骨頭沒斷，於是用力一蹬，

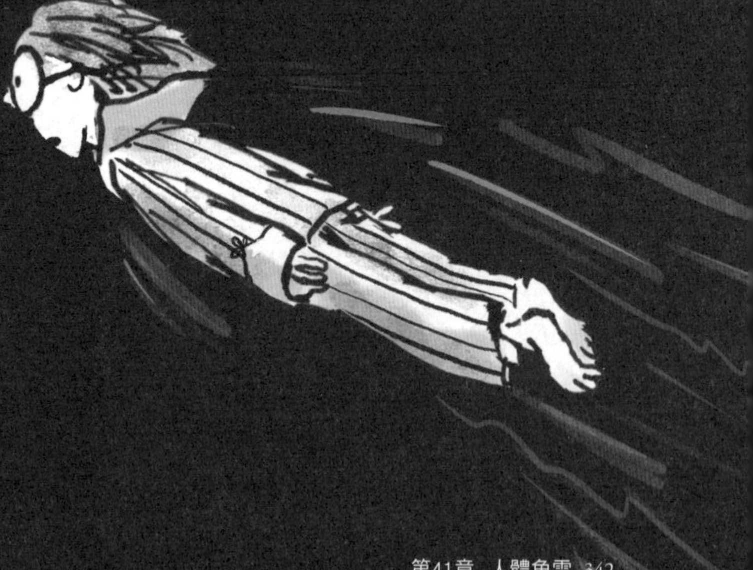

離那堵牆，破出水面，吞進一大口求之不得的空氣。

呼啥！！！

他還活著。

就在這時……

他看見頭頂上方有一塊半淹沒在水裡的招牌，上面寫著**格林公園**。

那是古代的月台標示。如果他們已經抵達昔稱格林公園地鐵站的地方，這就表示他們離白金漢宮很近很近了。

水裡有台古老的自動販賣機正在上下晃動。

嘟嚕！啪啦！啪啦！

真可惜，我沒帶五十便士，不然就可以買根巧克力棒了。艾弗列心想道，他快餓死了。

水的表面隱約有光影舞動。不遠處，依稀看到權杖號的輪廓。他看得出來那艘船的船身有點傾斜，難怪被卡在隧道裡。

他立刻朝潛水艇游過去。

然後呼**咻**！

小小從雷管裡射出來，砰的一聲撞上他。

磅！

「啊！」他大叫。

「好酷哦！」

小小大聲說道。

「我還活著……

謝謝你的問候。」

艾弗列諷刺地說道。

「別這麼計較嘛！」

女孩說道。她用力划向潛水艇，

把還在水裡胡亂打水的他遠遠地拋在後方。

他好不易才追上小小，

突然覺得有什麼東西在他頭上拍打摩擦。

啪！啪！啪！

他轉頭一看，發現一大群**蝙蝠**正朝他飛來！

噝！啾！渣！

「啊！有蝙蝠！」他放聲大叫。

「我知道啊，我應該早點提醒你的。」小小說道。「這地方爬滿蝙蝠。」

噝！啾！渣！

艾弗列爲了甩掉牠們，只好潛進水裡。

然後又划了幾下，追上小小，回到潛水艇那裡。

「你看！艙門在這裡。」她說道。

「伊妮德剛剛是說左邊桿子還是右邊桿子？是順時鐘轉？還是逆時鐘轉？」艾弗列問道。

「我剛又沒在聽。」

「我以爲你有在聽。」

「那很無聊欸，有什麼好聽的。」

「算了，乾脆你負責那根桿子，我負責這一根。」

他們兩個同時用力前後扭動桿子，扭了好久好久，艙門才終於打開。

喀嘟！

成功了！

甲板底下傳來女士們的歡呼聲。

「萬歲！」

她們一個接一個地爬上船身。

皇后。

伊妮德。

阿格莎。

維吉妮亞。

碧翠絲。

黛芬妮。

茱蒂絲。

「兒子，謝謝你！你救了我們所有人。」皇后說道。

「你們慢慢敘舊哦。」伊妮德說道。

「好了，你們都會游泳吧？」艾弗列說道。

「我會狗爬式，」阿格莎回答。「我還得過二十五公尺狗爬式的證書。」

「那我們就出發吧。」王子下令道。

他們一起朝隧道盡頭的光亮處游去。

但那光越來越暗，就像有雷雨雲正從它上面掠過一樣。

「我應該要先警告你們，」小小開口道，「我們得提防……」

但小小還沒說到「蝙蝠」這兩個字，一大群蝙蝠就開始俯衝轟炸他們。

嘰！啾！渣！

雖然老太太們試圖用手拍掉蝙蝠，但仍躲不過牠們的無情攻擊。

「啊！！」

「走開！」

「會飛的老鼠！」

「快潛入水裡！」王子下令道。

他們一個個地把頭沒入水中，盡量在水底下游。

只要有任何一個人破出水面吸口氣，就又立刻被蝙蝠攻擊。

嘰！啾！渣！

最後他們終於抵達白金漢宮的底層。

「小小，通往皇宮地窖的樓梯在哪裡？」艾弗列問道。

「我正在找啊！」

「好吧，麻煩快點找到！」阿格莎喊道。「我不確定我原地踩水還能撐多久。我可是沒有原地踩水的合格證書哦！」

小小的手摸找著地鐵隧道的頂部，最後終於找到階梯的底部。

「在這裡！」她喊道。

他們一個接一個地撐起身子，爬上階梯，慢慢走上去，終於來到階梯最上層。

地窖地板的活動石板就在他們頭頂上方，王子和小小合力把它推上去，擱到旁邊。

鏘！

艾弗列率先爬上去，再幫忙其他人爬進地窖。

但他們根本不知道有人正在暗處中等待……

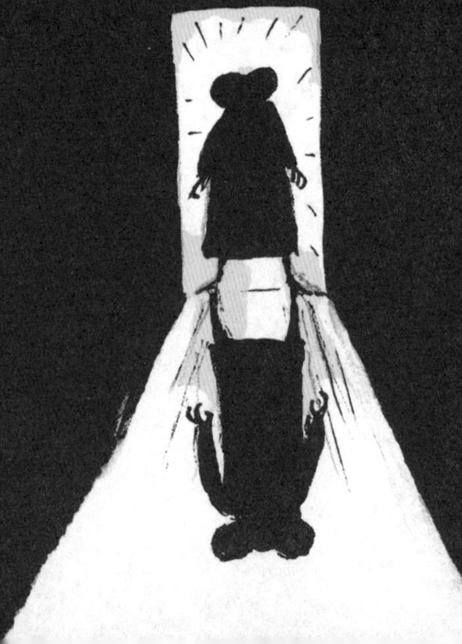

42 陷阱

「哦，我的小王子！」正在地窖裡等候他們的奶媽大聲喊道。老太太蹣跚地走向男孩，緊緊抱住他。

「哈囉，奶媽。」艾弗列說道。

「你被抓去倫敦塔，讓我擔心死了。」她說道。

一旁觀看的小小對她親熱的表現不屑一顧。「記得我嗎？」她諷刺地問道。

「哦，記得啊，親愛的小東西小小！你前一秒還站在廚房裡等我拿巧克力，怎麼下一秒就不見了？你跑去哪裡了？」

小小搖搖頭，對她的解釋不爲所動。「一群侍衛衝進來，我又踢又叫地被他們一路拖進倫敦塔。」

「不會吧！」

「會！」

「哦，你就這樣突然消失不見，讓我好擔心哦。你沒事吧？」奶媽問道，同時彎下腰搓揉女孩的面頰。

「我很好，但這不是你的功勞。」女孩不客氣地說道，同時把奶媽的手推開。

這動作激怒了奶媽，但礙於皇后就站在女孩後面，她不敢造次。老太太行了一個小小的屈膝禮。

「陛下。」

「奶媽，」皇后回答，同時禮貌地點個頭。「國王還好嗎？」

「嘖嘖嘖！哦，很不好，皇后陛下，他一點也不好。他派我下來找你們，」奶媽說道。「國王要你們立刻全都到上面的舞會廳。」

艾弗列不免起疑。「你怎麼知道我們是從這裡闖進皇宮？」

奶媽想了一下。「記得嗎，是小小告訴我們這裡有個祕密通道，我可不像我外表看起來那麼傻哦。哈哈哈！我們走吧！」她繼續說道，「沒有時間了。

我的小王子，你一定要跟緊我。」

老太太牽緊小王子的手，穿梭在滿是箱子、盒子，如同迷宮般的地窖裡。只是奶媽牽得太用力了，用力到都有點痛了。

「奶媽，你的指甲戳進我的手了。」艾弗列擠眉皺臉地說道。

「我只是怕你又不見了。」她回答。

皇后、小小、和另外六個老侍女就在後面不遠處跟著。

這時奶媽做了一件最奇怪的事。正當她和艾弗列從一個很大的金屬箱後面經過時，她突然猛力一拉，把他摔在地上。

「噢！」

艾弗列嚇了一跳，然後才恍然大悟這是怎麼回事。

「有陷阱！」他對著其他人大喊。

就在這時，十幾個皇家侍衛突然從地窖裡四處可見的箱子和盒子後面現身。原來他們一直躲在那裡，他們掏出雷射槍，毫不留情地朝革命份子開火。

滋！滋！滋！

轟！轟！轟！

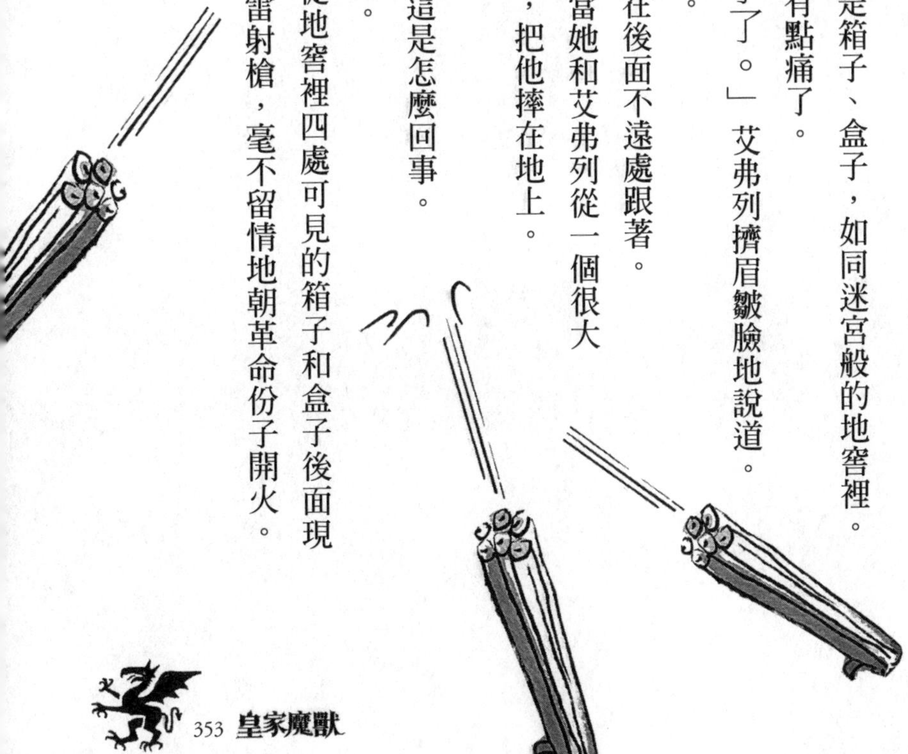

43 致命武器

小小和皇后還好及時低下身子，躲在一個老舊的皮箱後面，雷射光從她們頭上掃過去。

滋！滋！滋！

嗡～轟～嗡～

「我就知道這個邪惡的老巫婆一定有鬼！」小小嘶聲吼道，蓋過雷射槍的聲音。

「可是她爲什麼要這麼做呢？」皇后問道。

老侍女們立刻展開反擊行動。她們就地找到武器武裝自己。地窖裡有各種致命武器。她們找到了長劍、斧頭、武士刀、標槍和鏈錘。[5]

伊妮德從一套中世紀的盔甲上取下頭盔和盔甲，趕忙穿上，帶領大家對皇家侍衛展開反擊。

「**衝啊！**」她下令道，同時拿起鏈錘在頭頂上方不斷揮舞。

雷射光從她的金屬盔甲上反彈回去。

5 鏈錘是最致命的武器：它是一種刺狀的金屬球，靠鏈子跟把手連在一起，可能造成嚴重的傷亡。

滋！滋！滋！

鏘！咚！噹！

她使盡力氣地拿金屬球去砸其中一個侍衛的頭。

框啷！

「啊！！！」

在此同時，阿格莎正在對付另一群侍衛，她使出的武器不是一把……而是兩把武士刀！

框啷！鏘！噹噹！

「來呀！」她在刀光劍影聲中大聲喊道。

老太太們全在奮力反擊！

在此同時，艾弗列正死命地想要擺脫奶媽的箝制。

拚命想脫身的他，看見這位老太太的臉開始扭曲，真面目終於現形。

她是惡魔。

「放開我！」男孩大叫。

「哦，不，」她喊道。「護國公對你另有計畫，我的小王子。」

他絕望地狠咬她的手。

「噢！」她的手瞬間鬆開。

艾弗列手腳並用地連忙爬走。

滋！滋！滋！

轟！嗡！轟！

結果又被這位老太太一把抓住腳踝，拖了回去。

「啊！」

艾弗列拚命踢腿，想逃離她的箝制。

「放開我！」

但是她用雙手和兩隻膝蓋把他壓制在石地板上動彈不得。

「我用粉粉蛋對你下毒了這麼多年！」

「你這個邪惡的老巫婆！」王子咆哮道。「我就知道它的味道有問題。」

「是有問題，很有問題。所以你才會一直體弱多病，不會惹事，連下床都沒力氣，當然也就不會妨礙護國公了不起的陰謀計畫！」

原來那是真的！艾弗列氣到滿臉通紅！

「你這個怪物！但你為什麼要這麼做？你還沒告訴我為什麼？到底為什麼？」

奶媽微微一笑，露出假牙。「你們都沒想到，對吧？」

「想到什麼？」王子質問道。

「我有一個兒子。」

「兒子？」

「是啊。」

「是誰？」

「你還猜不出來？」

44 祕密

「護國公！」艾弗列大聲說道。

「答對了！」奶媽宣布道。

這對完全出乎艾弗列的意料之外，對白金漢宮的其他所有人來說也一樣。過去四十年來，這對邪惡的母子從未向任何人透露過這個眞相。

滋！滋！滋！

轟！嗡！轟！

「沒錯，我趁他還年輕的時候就帶他進宮。一開始他只是個圖書館館員，他在皇宮的圖書館裡如飢似渴地看完所有書籍，找到了各種古代的魔法書，尤其是黑魔法。他發現要是有國王的鮮血，就可以喚醒一頭魔獸。我的孩子眞是聰明，比你們任何一個人都聰明。他是天才！我兒子渴望大權在握，因此我一路鼓勵他。再過沒多久，他就會成爲……就算不是全世界，也會是這個國家的至高統治者。而我……他的母親……始終陪在他身邊。」

「你休想！」艾弗列大喊道。「這個國家屬於全體人民的，不是你們的！」

「他會成功的，相信我，他會成功的。我們只需要你的一點皇室鮮血。」

滋！滋！滋！

轟！嗡！轟！

「不要！」艾弗列厲聲回答。「我已經看過你那邪惡的兒子是如何對待我父親！我一滴血也不給你！」

「哦，會給的，」她輕笑說道，「我會拿到的！你的鮮血是我們的！」

說完，奶媽就拿起一把鑲滿珠寶的匕首！她把它高舉過頭，準備刺向男孩。艾弗列抬手抵擋，兩人陷入致命的肉博戰，較量腕力。

滋！滋！滋！

轟！嗡！轟！

奶媽手裡的刀離男孩的心臟越來越近。

「不要！」艾弗列哭喊道，他用盡力氣想阻止她。

這時神奇的事發生了。

突然間，奶媽眼裡的兇光不再。

手裡的匕首也掉了下來……

框啷！

然後就整個人癱倒在他旁邊的石地板上。

砰！

死了！

艾弗列這才看到奶媽背上插了一把劍。

他抬頭一看，只見屍體上方站著皇后。

「你好大膽，竟然想傷害我兒子！」她說道。

「謝謝你，馬麻。」艾弗列說道。

「獅心王，爲了你，我什麼都願意做。」

小小疾步跑過來找他們。「我從來就不喜歡這女的。」她結論道。

滋！滋！滋！

轟！嗡！轟！

這時傳來尖叫聲。

「啊！」

是伊妮德！她被擊中了。

「伊妮德！」艾弗列大喊道，同時朝她爬過去。

「孩子，你快去……」老太太說道，「快去擊退那怪物。我們這些侍女會盡全力困住侍衛，讓他們出不了地窖。」

「那你怎麼辦？」艾弗列問道。

「別擔心我。記得老皇太后怎麼說的嗎？『絕對沒有太老就不能冒險這回事』。我沒有錯過這場世紀冒險。」

艾弗列向小小和皇后點頭示意，三人手腳並用地爬在地上，偷偷溜出戰火前線。

滋！滋！滋！

轟！嗡！轟！

就在這時，八爪章魚管家手裡拿著網球拍，出現在地窖門口。它還剩下兩

隻手。

「有人要打網球嗎？」

其中一名皇家侍衛突然轉身，用雷射槍轟掉它其中一隻手。

滋！

喀！

那隻拿著網球拍的手臂在地板上不停扭動。

機器人管家只剩一隻手了，成了名符其實的獨臂管家。

「謝啦，八爪章魚管家。」艾弗列喊道。

眞是太好了，拜這台老愛闖禍的機器人及時出現之賜，皇家侍衛突然分神，他們三個人才能趁機溜出地窖門。

「我們逃出來了！」艾弗列說道。

但就在走廊上，有個可怕的東西正在等候他們。

那可怕的玩意兒從陰暗處朝他們飄浮過來。

三個人當場愣住。

是千里眼！

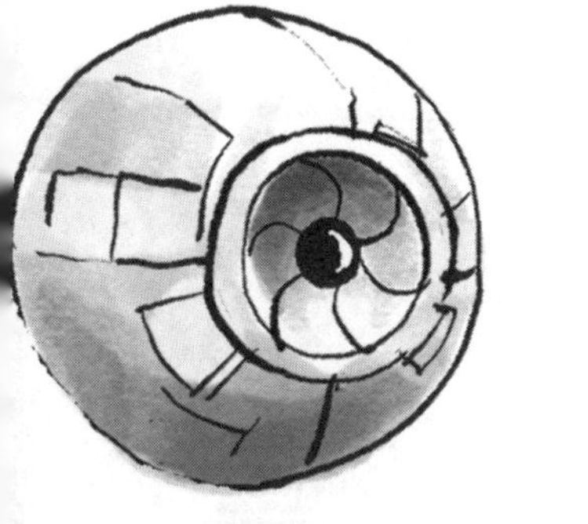

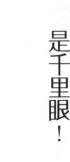

45 皇宮裡的風暴

滋！

滋！

滋！

雷射光從飛行機器人的瞳孔射出來，他們三人趕緊閃躲，四周的爆炸聲不絕於耳。

轟！轟！轟！

走廊很窄，沒有地方可以躲藏。

艾弗列愣在原地，筆直地站在千里眼前面，但雷射光都不會朝他的方向射。爲什麼目標不是他？奶媽剛剛說的話八成是眞的，他們需要他的鮮血。

皇后一把抓住她兒子的手，把他拉進一處凹室裡。

「你會被射死的。」她嘶聲道。

「它不敢傷害我。」他低聲回答。「你看！」

說完，艾弗列就回到走廊，再度跟機器人大眼瞪小眼。

皇后拚了命地想拉他回來，但男孩執意不從。

「兒子，不要這樣！」她緊抓住她兒子的臂膀尖聲喊道。

滋！

轟！

「啊！」皇后放聲尖叫，「我的眼睛！」

艾弗列王子頓時怒火中燒，衝上前去，跳上千里眼，想要制止它。但他才跳上去，千里眼就以極快的速度咻的一聲飛到半空中。

呼咻！

他只能拚了命地緊緊抓住穿梭飛行於皇宮裡的機器人，將皇后留給小小照顧。

千里眼一連穿過幾道雙扇門……

蹦！

男孩發現自己竟然來到白金漢宮的地面一樓。

轟！

答！答！答！

卡蹦！

磅！蹦！磅！

從外面的爆炸聲和槍炮聲來判斷，革命浪潮顯然正在不斷升高。革命份子一定已經齊聚皇宮門口，沒多久，就會破門而入，攻占皇宮。

他和千里眼再次穿過一扇又一扇的門，直到來到皇宮的舞會廳，飛行機器人才完全停住，這時的艾弗列仍跨騎在它身上。

舞會廳裡的護國公正耐心等候王子的到來，這個壞蛋就站在他自己用粉筆畫出來的巨型地板圖案上。那尊鷹獅獸雕像矗立在正中央，四周圍著另外九尊國王的神獸雕像。

英格蘭獅王

列治文白格力犬

威爾斯紅龍

漢諾威白馬
蒲福氏羊角獸
莫蒂默白獅
蘇格蘭獨角獸
克拉倫斯黑色公牛
金雀花王朝獵鷹

艾弗列這才明白那不是棋盤。

是地圖。

是一幅巨大的英國地圖。

十頭猛獸被各自放在發源地。威爾斯的龍，蘇格蘭的獨角獸，英格蘭的獅子，依此類推。

「殿下，你能來加入我們，真是太好了！」護國公輕笑道。他裝模作樣誇張地鞠躬，不過顯然只是做做樣子而已。**「來得正是時候。」**

艾弗列王子從千里眼上滑下來，在地上站穩。

「我父親在哪裡？」他質問道。

「艾弗列，我在這裡。」有個人說道。

國王就躺在鷹獅獸雕像後面的地板上。艾弗列朝他衝過去，跪了下來。

「父王！」他喊道。

國王看起來半死不活，甚至變得比之前還要蒼白和虛弱。他閉著雙眼。

「他已經沒有鮮血可用了，」護國公說道，**「所以我需要你的血！」**

「兒子？」國王低聲道，兩眼倏地睜開。

「是的，父王，是我，艾弗列。」

「對不起，兒子。護國公控制了我好多年，包括我的心智、我的身體。他讓我越來越衰弱，好讓那頭魔獸可以越來越強壯。」

「我懂，父王。」

「我把你和你母親送到倫敦塔，是因為我覺得你們在那裡會比較安全，可以遠離這頭魔獸。」

艾弗列緊緊抱住他。

「他太貪心了，我的血液已經稀薄到無法再讓他進行邪惡的計畫。快逃，兒子，拜託你快逃，免得護國公使出你無法想像的強大魔法。」

男孩站了起來。**「不行！我要澈底阻止這個惡棍，一勞永逸。」**

「孩子，請告訴我，你要怎麼阻止呢？」護國公輕笑道，他一直在旁邊聽他們對話。

卡蹦！

磅！蹦！磅！

轟！

答！答！答！答！

「你沒聽到嗎？」艾弗列大聲說道。「革命已經開始了！這個國家的人民已經受夠你和你的邪惡統治。遊戲結束了。」

護國公微微一笑。「哦，不，遊戲才正要開始。」

他朝皇家侍衛轉身。「抓住他！」

艾弗列王子立刻被團團圍住，然後被粗暴地拖到地圖南端。

「你們要對我做什麼？」

「你馬上就會知道了。」

其中一名侍衛把一本古老的皮面精裝書遞給護國公。艾弗列隱約看得到封面上的金色文字。**阿爾比恩之書**。

「阿爾比恩之書！」男孩大聲說道。

「原來你還是有專心上我教的拉丁文課。」護國公說道。

46 阿爾比恩之書

「這本書一直鎖在皇宮的圖書館裡！」艾弗列大聲說道。「從不允許我去翻閱它！」

「那是有原因的，」護國公輕聲笑道。「這是世上最古老的書。是幾百年前的聖人親手書寫和親手繪製的，這世上僅有這一本……只寫出這一本。它闡述了阿爾比恩創建的故事。」

「阿爾比恩！這是大不列顛的古語稱號。」

「孩子，你的歷史知識不差嘛。故事一開始就是在說這座島嶼破天荒以來的第一位統治者。早在艾弗列大帝之前……也早在有任何官方記錄之前，就有一頭神獸高壓統治著阿爾比恩的人民。」

護國公秀給王子看故事裡的古老圖片。它們都是手繪的，看起來就像你在教堂裡會看到的那種彩繪玻璃窗。圖片裡有全身火燄的巨大猛獸，牠有老鷹的頭和翅膀，也有獅子的身體和尾巴。

「鷹獅獸！」艾弗列大聲說道。

「沒錯。當時有位英勇人士挺身而出，在一場驚動地的戰役中用這把劍殺死了神獸。」

護國公指著其中一名皇家侍衛，他手裡拿著一把裝飾華麗的寶劍。護國公就是用那把劍割傷國王的雙手取得他的鮮血。

阿爾比恩之書裡的圖片畫的正是那個侍衛手裡的劍。

「傳說……」護國公繼續說道，「他一殺死這頭神獸就喝了牠的血，藍色的鮮血。」

沒錯，在這本書裡，鷹獅獸的血被繪成藍色。

「阿爾比恩的人民全都跪了下來。他們相信這個人現在已經具有這頭神獸的神力，可以左右所有人的生死。天賜的神力……來自神的力量。」

「這就是你爲什麼需要皇室鮮血的原因？」艾弗列猜想道，他正在試圖拼湊出護國公的整套陰謀詭計。「如果阿爾比恩……也就是大家所知的大不列顛，它破天荒以來的第一位國王血液中混有鷹獅獸的血，這就表示整個皇室血脈裡的成員體內都會多少帶有這頭神獸的血。」

「**答對了！**」護國公大聲說道。

「這就是爲什麼你需要靠我父親的鮮血來讓這頭神獸復活？」

「是的。但他現在沒有血了，這也是爲什麼……我需要你的血。」

男孩背脊一陣涼**涼意**。

「你那邪惡的母親曾試圖取走我的鮮血，但她失敗了。」

「她在哪裡？」護國公問道。

「死了。」

護國公頓了一下。「她爲了我……她的兒子……做了最後的犧牲。謝謝你，母親。」

艾弗列搖搖頭，這眞是一對邪惡的母子。「爲什麼這本書對這計畫來說這麼重要？」

「阿爾比恩之書提供了很多線索，它告訴我們這頭可怕的猛獸有一天可能會再崛起。透過黑魔法，透過誦經和祈禱，再加上古代地圖。只要將皇室的鮮血滴在鷹獅獸的石雕像上，就能讓牠復活。」

護國公快速翻著這本書的書頁，秀出鷹獅獸起死回生的示意圖。

艾弗列吞了吞口水……

咕嚕！

再環顧巨大的皇宮舞會廳。那裡不只有鷹獅獸，其它**九尊國王的神獸**也都矗立在地圖上。

「但爲什麼你把所有雕像都從地窖裡搬上來？」他問道。

「因爲我比阿爾比恩之書更高竿一點。如果我可以讓鷹獅獸復活，爲什麼不索性喚醒所有國王神獸，也讓牠們復活呢？有牠們在我左右，我，

光靠我一個人，就可以統治整個王國，以及這世上的其它所有王國，而且它們將永遠在我的統治下，**我將成爲所有國王的永生之王**。」

他雙眼發亮，露出一抹惡魔的微笑。

「你瘋了！」艾弗列就算叫他瘋子也不爲過。

「瘋子和天才是一體的兩面。」那人說道。

護國公轉向侍衛。「把王子抓好。」

艾弗列不斷掙扎、掙扎、再掙扎，但根本擺脫不了他們的箝制。護國公接過那把古劍……那把曾經屬於阿爾比恩首位國王的寶劍。他將它高舉在頂，直接劃開男孩的手掌。

「啊～～～」艾弗列放聲尖叫。然後這個惡棍就把男孩帶到鷹獅獸雕像旁邊。他的皇室鮮血在地板上一路流淌，此刻正滴在雕像的鷹頭上。

滴！滴！答！

侍衛們牢牢抓住男孩的手，讓它滴出更多的皇室鮮血。然後他們開始誦經，護國公則大聲朗誦著阿爾比恩之書裡的內容。

那是拉丁語，

结果沒多久

石雕像開始嗡嗡作響……

47 超級生命體

鷹獅獸雕像開始發出光芒。起初像是雕像體內有火光，接著雕像表面竟像太陽似地熊熊燃燒了起來。火舌開始舔食雕像的側邊，它的溫度熱燙到連艾弗列的睡衣都快烤焦了。

嘶嘶！滋滋！

護國公露出毛骨悚然的笑容，他的邪惡計畫奏效了。

艾弗列注意到其他九尊國王神獸也開始嗡嗡作響。如果護國公的手下有十頭火燄魔獸可以使喚，就能夠永遠統治這個世界了。

這個惡棍繼續朗誦阿爾比恩之書裡的內容。

王子必須採取行動，而且要快。他注意到他兩邊的侍衛都被復活的鷹獅獸給分了神。機會來了，艾弗列突然一個使力，拉回自己的兩隻手臂，害那兩名侍衛的頭盔砰地撞在一起。

框啷！

他一發現自己脫身，就立刻衝向護國公。其中一名侍衛好不容易抓住男孩的手臂。

「放開我！」

一陣掙扎中，兩人意外撞翻那尊正在發光的雕像。

碰！

剛好倒在護國公的身上。

咚轟！

這時的雕像已經熱燙到像熔化的岩漿，當場灼傷護國公，他躺在舞會廳的地板上痛不欲生地不停扭動。

「啊啊啊啊～～～～」

舞會廳四周的侍衛都嚇呆了，只能眼睜睜看著邪惡的首領在地上痛苦翻滾，完全不知道該怎麼辦。

「不不不不！」護國公痛苦地哀號著。

這是艾弗列逃跑的最好時機，他趕緊衝到國王身旁。

「父王，父王，我們得離開這裡。現在就走！」

國王睜開眼睛。「兒子，我沒有力氣。你走，你快逃，你快逃命去。」

「沒有你，我不走。」

「兒子，你看！」

男孩轉身看到一幅駭人的景象。

熔化的石雕像沒有殺死護國公，反而跟他融合成一體，創造出另一種**超級生命體**。

全身是火的這頭生物……**半人、半鷹獅**。

活脫成了一頭大怪物。

牠用兩隻獅腿站著，身上有老鷹的鳥爪和翅膀，但卻有一張人臉……是護國公的臉。

侍衛們開始四處竄逃，就連什麼都見識過的千里眼也無法相信自己的眼睛。它也在想方設法地逃開，以

免被波及。但是這頭怪物每秒鐘都在長大，整座舞會廳正變成一座**煉獄**。

「兒子，那把劍！那把劍！」國王說道。「幫我宰了那頭魔獸！」

那把古劍就握在其中一名侍衛的手上，他現在也在落跑，急著開門想逃出去，手一鬆，劍掉在地上。

鏘！

艾弗列趕緊跑過去，把它撿起來，然後幫忙扶他父親站起來，把劍遞給他。國王勇敢地挺身面對怪物。牠的體型至少是他的三、四倍大，國王英武地將那把劍高舉在上。

「**我這麼做是為了英國！**」他大喊道。

但他還沒來得及砍下去，鷹獅獸就朝他噴了一口致命的火燄。

轟！

國王瞬間化為灰燼。

咻！！！

只剩下一堆黑色粉屑。

「不～～～～！」艾弗列哭喊。

那把古劍掉在地上。

框！

劍身斷成兩截。艾弗列趕緊撿起那兩截，把它們帶走。

舞會廳窗戶外面聚集了一群革命份子，正在破門而入。

他們一看到眼前的景象，表情只有驚恐。

艾弗列做出要他們離開的手勢，革命份子見狀趕緊退後。

鷹獅獸拍著巨大的翅膀，朝男孩飛了過去，把他逼到牆角。

因父親的死去而自動晉升為艾弗列國王的男孩，準備好要面對自己的命運了。

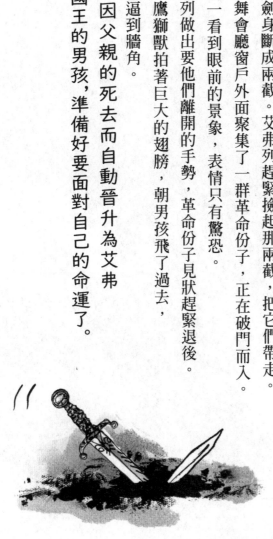

第五部

最後的審判日

48 火球

「獅心王？」有人在叫他。那是他的皇后母親，她的眼睛因爲被千里眼的雷射光轟到，到現在都還看不見。她在小小的協助下，一路摸索過來，終於找到舞會廳，小小仍緊握著她的手。

此刻的鷹獅獸正用牠那雙火翼輕觸地圖上的其它九尊石雕像，國王的神獸正在一尊接一尊地復活。

獅王雕像冒出火燄，發出怒吼。

接著獨角獸也從石雕變成火燄，

不停踢著後腿。

獵鷹拍動火翼，嘎嘎大叫。

石製白馬猶如太陽一般火燙。

羊角獸全身發出熱燙的紅光與金光，不停甩動羊角。

黑色公牛突然炸開，活了過來，開始繞著宴會廳橫衝直撞，不斷咆哮。

白獅跳了起來，大聲吼叫。

白格力犬低聲嗥叫，露出尖牙。

最後威爾斯的龍在爆炸聲中活了起來，從嘴裡噴出火燄。

「馬麻！不要過來！快回去！」艾弗列大喊。「國王的神獸全都復活了！」

「舞會廳有條祕密通道，」皇后喊道。「小小！快去拉簾幕的繩子。」

小小趕緊照辦。

唰！

「怎麼了？」皇后追問道。

「簾幕關起來了。」女孩如實回答，因爲它眞的關起來了。

「拉另一條！」皇后喊道。

小小改拉另一條，牆上的鏡子竟然滑開了，她爲此感到驚訝。

嘎！

艾弗列、小小和皇后趕緊穿過門逃生。

他們三個現在進入白金漢宮的宴會廳。這裡有很多桌子，以∪字型的方式排列，是幾十年

前爲了某場盛宴所擺設的。桌上到處都是破掉的酒杯和被砸碎的餐具，上面布滿蜘蛛網，面積大到乍看之下還以爲鋪了一層防塵布。

艾弗列和小小一進入裡面，立刻動手把其中一張桌子推去擋在鏡子前面。

框隆！

接著艾弗列從桌上拉下一塊桌布，然後對另外兩個人喊道：「躲進來！」

他們三人挨擠在長桌底下。老鼠在他們旁邊跑來跑去，尋找殘羹剩菜。這些害蟲不時啃著他們的腳，但他們用意志力強忍住，不敢尖叫出聲。

嘰！喳！嘰！

艾弗列朝牠們揮舞著手裡的斷劍。

「噓！噓！噓！」他驅趕牠們，老鼠四散奔逃。

突然間出現雷射光的聲音。

滋！

鏡子被炸開了……

卡蹦！

碎片散落一地。

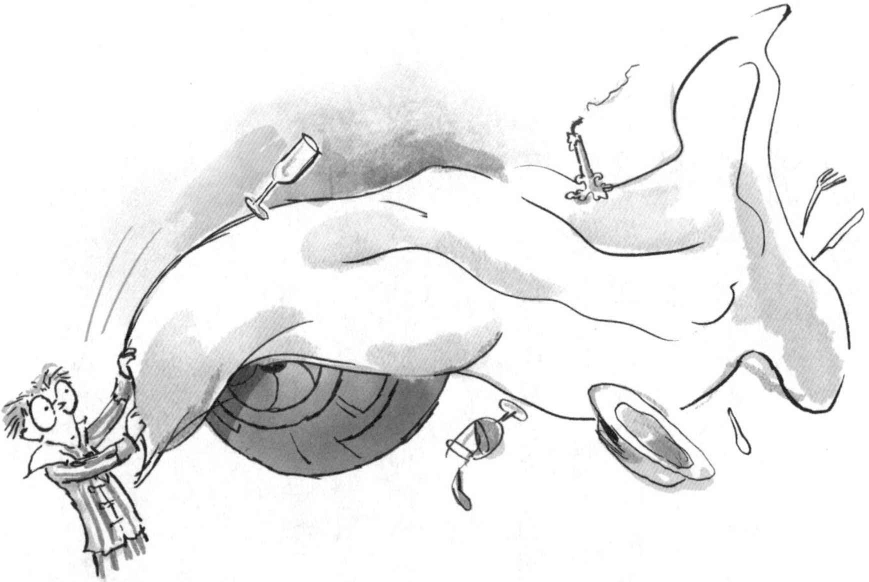

框！鏘！喀！

艾弗列和小小從桌子底下瞄見千里眼正在宴會廳裡四處盤旋，它在搜找他們。千里眼才剛從他們旁邊經過，艾弗列就悄悄爬出藏身處，把桌布猛地拋向它。

嗖！

什麼都看不到的機器人頓時暴跳如雷。它一下飛這邊，一下飛那邊，拚了命地想甩掉那塊桌布。結果撞上裝飾吊燈……

乒框！

碎玻璃四處散落，千里眼墜落地面，不停翻滾。

蹦！隆！隆！隆！

這時宴會廳的大門
突然被炸成火球。
轟！

49 最後告別

十頭國王神獸的魔獸在一團熾熱的火燄中衝進宴會廳。

爲首的是那頭有護國公的臉的鷹獅獸，其他隻跟隨在後。

這頭怪物可能誤以爲男孩躲在桌布底下，於是朝它噴出致命的火燄。

轟！

結果機器人瞬間爆炸。

磅！

金屬碎片在宴會廳裡四散飛濺。

鏘！**喀！框！**

「反正我本來就討厭它！」艾弗列嘶聲說道。

鷹獅獸這才察覺到那其實是千里眼的碎片，這時艾弗列趕緊低聲說：「我們快點離開這裡！」

他把斷成兩截的劍塞在腋下，然後跟小小一人一邊牽好皇后的手，沿著長桌底下偷偷溜走，來到宴會廳的盡頭，再趕緊衝出那曾經是扇大門，但已然燒焦不斷冒著煙的洞口。

十頭魔獸飛快地橫過長桌，一路燒毀擋在眼前的任何東西。

艾弗列、皇后和小小在走廊裡疾奔。兩個孩子順手一路推倒走廊兩旁的陳列櫃、落地鐘和一尊又一尊的盔甲，讓它們摔倒在地。

磅！

蹦！

轟隆！

希望藉由這一招來拖緩魔獸們的速度。

但是牠們具有超能力，會將任何擋路的東西瞬間燒成火球。

轟！轟！轟！

最後這三人好不容易逃到白金漢宮的最底層……地窖。他們快步穿過門口，用力甩上身後的門。

一進入地窖，他們就看見五名老侍女揮著武器跟他們打招呼。老太太們擊敗了所有的皇家侍衛，侍衛們全都東倒西歪地躺在石地板上。

「伊妮德呢？」艾弗列問道。

「她沒能撐過來。」阿格莎難過地說道。

「我很遺憾。」男孩說道。

「我們得離開了，」小小說道。「現在就離開。」

「爲什麼？」阿格莎問道。

就在這時，身後的門突然陷入火海。

轟！

十頭孔武有力的火焰魔獸正破門而入。

磅！

「這就是爲什麼，」小小回答。

「什麼東西剋火？」

「水！」艾弗列回答。

「跟我來！」小小下令道。

這群看起來最不像革命份子的革命份子急忙穿過地窖。他們未來的命運只能交付給那條祕密通道了，因爲它可以通往淹滿水的地鐵隧道。

「請等等我，我是你們信賴的機器人管家！」一個機器人的聲音響起。那是八爪章魚管家，或者應該稱它獨臂管家，因爲它只剩下一隻手臂。如果再失去這一隻，就直接叫它「管家」吧，不過這名稱感覺不太對。機器人緩慢地在他們身後跟隨。

魔獸們還在追捕他們，鷹獅獸燒毀擋在牠前面的所有東西。

轟！轟！轟！

所有珍貴的古董，還有一些是沒人要的禮物，全都爆炸起火。

蹦！

小小找到了地窖地板上的那塊石板，於是這群人一個接一個地衝下石階梯，跳進水裡。

啪！

唰！

嘩啦！

殿後的艾弗列把那兩截劍像海盜一樣咬在嘴裡，跟著跳下去。

他們拚命往前游，終於游到潛水艇，再一個接一個地從生鏽的梯子爬下去進入船艙裡。艾弗列扛著八爪章魚管家，阿格莎隨身帶著老皇太后留下來的那盒火柴。

盒裡只剩兩根火柴了。阿格莎點亮第一根……

啪！

然後讓它慢慢燃燒到最後。

「馬麻！」男孩說道。

「什麼事，艾弗列？」

「父王死了。」

「不！」

艾弗列緊緊抱住盲眼的母親，他們都因爲哭得淚流滿面而身體晃動。

「他很愛你。」

「我知道，我也愛他。他試圖殺掉那頭魔獸，結果英勇犧牲了。」

「雖然發生了這麼多事，但我始終知道他是個好人。」

「他眞的是好人。他爲我們做了最大的犧牲，從現在起，我們要緬懷他。」

「你說得沒錯。」皇后回答。

「我們要怎麼打敗這些怪物呢？」小小問道。

「只能靠這把劍了，」艾弗列回答。「這是阿爾比恩第一位國王的寶劍，你看，它斷成兩半了。」

「我們還剩一顆魚雷！」阿格莎吱喳說道。

男孩靈光一現。「如果……只是如果啦……我們把剩下的劍身綁在魚雷上，就可以送出致命的一擊。」

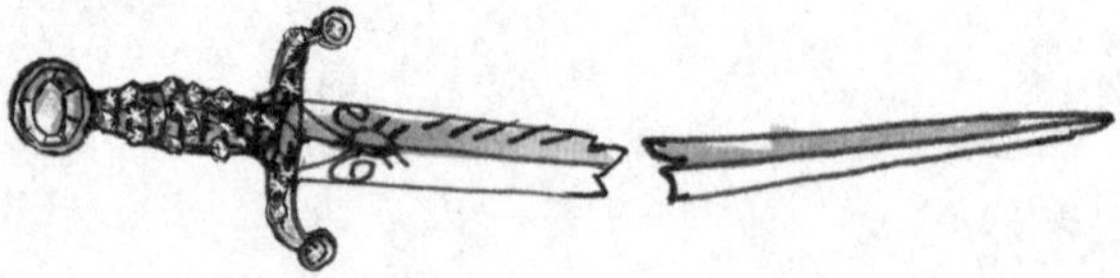

「好酷哦！」小小說道。

「我們來試試看。」艾弗列一邊說一邊查看斷掉的古劍。

「可是潛水艇被卡在這條腐朽的隧道裡，」皇后說道。「如果我們從這裡發射魚雷，也會炸掉整座白金漢宮。」

艾弗列想了一會兒。「連我們也一起被炸掉。」

「不會，」皇后說道。「只有我會被炸掉。」

「什麼？」小小問道。

「你們兩個還年輕……可以幫忙重建這個曾經偉大的國家。只要你們把我的手指放在按鈕上，時間一到，我就會壓下去，然後我就能到天上跟我親愛的丈夫重逢了。」

「**不要！**」艾弗列回答。「絕對不行！我不會讓你這麼做的。我現在是國王了，應該由我來爲這個國家的人民犧牲奉獻才對。」

「別再說了！」皇后說道。

「讓我來吧！」阿格莎央求道。

其他倖存的侍女也都自願犧牲。

我來吧！」

「讓我來！」

「拜託我來！」

只有一個例外。

「希望不是我！」

「不用了，女士們，」皇后不客氣地回答。「別再說了。我以前就發誓我願意爲這個國家作任何事，也準備好爲國家犧牲。」

大家全被這位偉大的女性給感動，現場陷入沉默。

「我愛你，馬麻。」艾弗列說道。「在這世上，我最愛的就是你。」

「艾弗列國王，我也愛你，你永遠想像不到我有多愛你。」

艾弗列這個名字取自於英國的第一任國王，這男孩下定決心絕不成爲最後一位艾弗列國王。

他拿起斷劍，用繩索把它綁在魚雷上，再牢牢捆緊，以免移動。

然後再由兩位侍女抬起魚雷，裝進雷管裡。

框啷！

接著男孩非常溫柔地把他母親的手指移到**發射**的按鈕上。

「就在這裡。」他說道。

咯～

權杖號聽起來像是快要在隧道裡解體了，它往旁邊晃了一下。

咚！

水開始灌了進來。

唰！

船上的他們全被水流
掃到跌坐在地板上。

「啊！」

「救命啊！」

「不！」

「我沒辦法把手指固定放在按紐上。」皇后緊張地說道。

「皇后陛下，我會留在這裡陪你。」機器人管家高聲說道。

「謝謝你，八爪章魚管家！」皇后回答。

「我想做點有用的事。」它說道，「只要我這一生中有做過一次有用的事就夠了。」

「小小，我們從隧道游到泰晤士河，需要多久時間？」艾弗列問道。

「一分鐘。」女孩回答。然後又回頭看了看那五位八十幾歲甚至九十幾歲的高齡老太太們。

「我看還是以五分鐘爲準吧。」

「馬麻，你等五分鐘過後再按下按紐。」

「我知道。親我一下，我美麗的孩子。」

艾弗列親了他母親的嘴唇，就一下而已，很輕柔、很貼心的一吻。

「再會了。」他說道。

「再會了，獅心王。」她回答。

「掰囉！」八爪章魚愉快地說道。

皇后開始計數。「一、二、三……」

「我們走吧！」小小說道。

嘎咯～

潛水艇繼續解體中。

「八爪章魚管家有把我的手指固定在按紐上！」皇后喊道。「四、五、六……」

最後一根火柴熄滅了，艾弗列、小小和五位老侍女這時全都登上梯子，爬上潛水艇頂部，然後跳進水裡。

50 光

蝙蝠從上方攻擊他們……

嘰～喳～嘰～

他們只能拚命往前游。等到那兩個孩子和老太太們一游到地鐵隧道的盡頭，便立刻潛進水底，穿過那條通往泰晤士河的地下水道。

呼哈！

他們才從水裡探出頭來吸口空氣，便看到遠方駭人的景象。白金漢宮正被紅黃交錯的光芒點亮。十頭國王神獸的魔獸渾身布滿火燄，在鷹獅獸的領軍下現身在皇宮頂部，發出震耳欲聾的嚎叫聲。

紅龍正對著地面的群眾噴火。

轟！

可憐的群眾慌忙逃命，地面四周一片焦土。

護國公的飛船破雲而出，開始朝四散奔逃的革命份子射出雷射光。

滋！滋！滋！

嗡！嗡！轟！

「馬麻！發射！」艾弗列喊道，哪怕她根本不可能聽到。「現在發射！」

就在這時，響起劇烈的爆炸聲。

爆！

幾百年來被皇室當成居所的白金漢宮突然大爆炸！

古劍的碎片插進魔獸體內，閃現出神奇的光芒。

魔獸們全都發出淒慘的哭號聲。

「**啊啊啊啊啊啊！**」

火舌也纏上飛船，船身瞬間被火燄吞沒。

蹦！

直接墜落地面。

轟隆！

黑色濃煙衝上雲霄。

轟！

有一瞬間，黑色雲霧裡仍依稀可見魔獸們的形體。護國公的那張臉發出無聲尖嚎，鷹獅獸最後一次拍打強而有力的翅膀。然後那十頭國王神獸就消失在

稀薄的

空氣裡。

小小從泰晤士河裡撐起身子，爬上河岸，伸手幫忙拉五位老太太和年輕的國王上岸。

成千上萬的民眾擠在城裡，看著白金漢宮冒出的黑煙裊裊升空。

那是皇后與她的國王再次相逢的天空。

每個人都衣衫襤褸，渾身髒污。年輕的國王也是一臉污黑，剛從河裡爬上來的他仍穿著溼答答的破爛睡衣，看上去與群眾無異。畢竟艾弗列從小就被關在白金漢宮裡，所以根本沒人認識他。

「國王陛下。」阿格莎開口道。
「噓！」年輕的國王噓聲道，「叫我艾弗列就好。」
「你不打算告訴他們你是誰嗎？」
「爲什麼要說？」艾弗列反問道。
「因爲我們需要重建這個王國啊。」阿格莎勸之以理。
「是啊，我們需要一起重建它。每個人都是平等的，團結力量大。」
「酷哦！」小小表達了看法。
「來吧……」
老侍女們開始動手照顧傷者和病患，人數還眞是不少。在此同時，艾弗列牽著小小的手，兩人爬上曾經是倫敦的瓦礫堆，朝白金漢宮的斷垣殘壁前進。就在皇宮的碎石堆裡，艾弗列找到了革命份子留下的一面英國米字旗。儘管旗幟已經焦黑燒壞，但仍然是這個曾經偉大的國家最有力的象徵。
他很是自豪地高舉那面旗幟，在空中不停揮舞。
呼呼呼……
人們停下手邊動作，豎耳傾聽這個十二歲男孩要說什麼。

「這個偉大的國家是屬於我們所有人的！」他大聲疾呼。「她是我們每一個人的……包括男的、女的和小孩。我們要團結一氣，因爲唯有團結，才能重建這個國家，一磚一瓦地重建起來！」

「萬歲！」群衆歡聲雷動。

就在這時，
烏雲一分為二，
陽光遍灑在這座荒蕪的島嶼上，
這是多年來太陽首度露臉。
「那是什麼？」小小問道，
同時瞇眼看著天空。
「那是光，」男孩帶著笑容說道。
「終於有光了。」

劇終